Regarder devant

9, rue de l'École-Polytechnique – 75005 Paris
www.michalon.fr
ISBN : 978-2-347-00311-1

Clara Lesoille

Regarder devant

Préface Lise Anhoury Szigeti
Postface Julie Lesoille

Michalon Éditeur

Préface

Psychologue dans le milieu du sport de haut niveau depuis plus de dix ans, j'ai accompagné de nombreux athlètes pendant leur carrière. Dans mon bureau, j'ai entendu beaucoup d'histoires, souvent pleines de larmes, de doutes, d'envie de tout plaquer, de rires, de joie. Toutes avaient un point commun : l'humanité de ceux qui se racontaient et le profond attachement que j'ai pour chacun d'eux.

Le sport, ce n'est pas uniquement ce que vous voyez dans les médias : les médailles, les Jeux olympiques, les paillettes. Tenir le rythme des entrainements, renoncer à une partie de son adolescence, continuer ses études, être parfois loin de sa famille sont autant de sacrifices qui contraignent les sportifs à un équilibre de vie instable.

Le haut niveau pousse à se dépasser, à aller plus loin, plus vite. Dans un tel contexte, il est difficile de s'écouter pour se préserver mentalement et physiquement. L'athlète, pris dans son quotidien, n'a pas toujours le recul nécessaire sur ce qu'il est en train de vivre. Lorsque l'exigence s'ajoute à l'équation, il devient d'autant plus dur pour lui de connaître ses propres limites.

Ce n'est pas le sport lui-même qui crée un trouble mais la rencontre entre une histoire personnelle, un environnement et le sport. C'est une maladie multifactorielle dont l'origine peut être anodine. Les athlètes de haut niveau recherchent la maîtrise, un élément central des troubles du comportement alimentaire (TCA) : contrôle de ses capacités, perfectionnisme, quête du poids idéal, etc.

L'encadrement joue un rôle primordial pour tous ces jeunes qui enchainent un grand nombre d'heures d'entrainement. La parole des coachs est précieuse. Une remarque sur l'apparence ou le poids, et tout peut basculer.

C'est ce qui est arrivé à Clara : s'affiner pour paraître plus mince, s'inquiéter du regard des autres, surveiller ses repas, faire toujours plus de sport et finalement perdre le contrôle, ne plus se nourrir et tomber dans l'anorexie.

Les troubles du comportement alimentaire sont très complexes. Ils s'installent discrètement, souvent avec un régime, mais vient ensuite le besoin de

« toujours plus » : perdre plus de poids, se trouver toujours plus grosse, un cercle vicieux dont on ne peut pas sortir sans soutien. Malgré la présence de sa famille et de ses amis, pour guérir, le malade doit avoir un déclic. Confrontée à de nombreuses blessures, conséquences directes de sa maladie, Clara a pris conscience de ses TCA, et l'envie de vivre pleinement l'a poussée à demander de l'aide.

Les athlètes ont grandi avec leur sport, ils ont construit leur identité à travers lui. Pour eux, mettre en pause leur pratique, même quelques semaines, c'est un peu comme arrêter de vivre. Clara explique comment elle a traversé ces périodes de repos forcé et comment elle a su cheminer, pour prendre davantage soin d'elle et allier à nouveau le plaisir de pratiquer son sport au maintien de sa santé.

De plus en plus de sportifs s'expriment publiquement sur leur travail psychologique et leur santé mentale en général. Simone Biles, notamment, en parlant ouvertement de ses difficultés, a mis en lumière l'importance pour un athlète de s'occuper de son bien-être psychique. Prendre soin de son esprit, s'écouter et s'arrêter lorsque cela est nécessaire, pour pouvoir mieux revenir ensuite.

Le sport de haut niveau est un numéro d'équilibriste : il est essentiel de trouver la juste mesure entre la pratique, la vie sociale, familiale, les études et un peu de rêverie et d'insouciance. Être bien entouré est indispensable pour augmenter ses performances, faire face aux épreuves et prévenir la (re)chute. C'est ce qui a permis à Clara de s'en sortir et de vous livrer aujourd'hui ce précieux témoignage.

Lise Anhoury Szigeti
Psychologue clinicienne à l'Institut national du sport, de l'expertise et de la performance (INSEP)

Le Rocher et la Randonneuse

Elle était guillerette la petite Randonneuse
Dans le dénivelé d'une pente fameuse
Tout en s'émerveillant de la belle Nature
Où Marmotte et Fleurs cohabitent en Air pur

Le Rocher la voyait se disant ruminant
« Je suis beau bien formé mais beaucoup trop gisant
Je vois les mêmes fleurs et ne peut les humer
Ni parler à Marmotte de ses rêves d'hiver »

Fais gaffe ma Petite se disait le Rocher
Ne viens point sous mes yeux vaciller et tomber
Car ma peau est bien dure pour tes os délicats
Et voilà qu'elle chut dans un bien grand fracas

Le Rocher pleura fort mais elle ne le vit point
La douleur de la fille masquait son chagrin
« Je suis certes de roc mais j'apporte aux passants
Un siège de repos, ne fut-ce qu'un instant »

Pauvre Randonneuse s'en alla bien peu fière
Maudissant ce Rocher qui blessait sa cheville
La Morale de l'Histoire se veut très gentille :
« L'injustice touche autant le vivant que la pierre »

Le chapitre un

Peut-être pouvons-nous commencer par le traditionnel « il était une fois, une petite fille qui s'appelait Clara et qui aimait beaucoup le sport »... Mais il y a sûrement meilleure accroche pour débuter. Des livres dans lesquels des personnes plus ou moins ordinaires racontent leurs épreuves, il y en existe déjà beaucoup. Je n'ai aucunement la prétention de sortir du lot, mes épreuves à moi restent de l'ordre du « confort personnel ». En deux ans, je me suis battue autant que j'ai pu pour pratiquer de nouveau le sport que j'aimais, avec beaucoup de rechutes, de chagrin, de peur et d'espoir.

Je me suis rompu les ligaments croisés des deux genoux en même temps, pour ensuite me fracturer le bassin à la reprise. Puis j'ai enchaîné les tendinites, en craignant chaque fois qu'il puisse s'agir d'une nouvelle fracture de fatigue. Alors que je reprenais doucement, une main cassée et une entorse sont venues compléter cette belle série.

Encore aujourd'hui, je me sens ridicule de prétendre avoir « assez souffert » pour écrire un livre.

Néanmoins, si j'ai retenu quelque chose de ces deux dernières années, c'est que peu importe notre situation, le cerveau trouve toujours des sources de plaisir comme des sources de mécontentement. Ce qui compte, c'est l'importance qu'on leur accorde. Pendant longtemps, j'ai pu courir autant que je le voulais, mais j'ai fini par me sentir obligée de continuer, au point de tomber dans un état dépressif. Je n'arrivais plus à apprécier la chance que c'était, parce que mon cerveau était obsédé par la performance et la conviction que j'étais « insuffisante ». À l'inverse, après mon opération des ligaments croisés, j'étais très fière de simplement réussir à me laver toute seule. Y parvenir dès le premier jour sans l'aide d'un infirmier m'a remplie de joie.

L'être humain est un éternel insatisfait. « Quand on a la main, on veut le bras. » Savoir se contenter de ce que l'on a est un apprentissage très difficile et j'ai eu beaucoup de temps pour réfléchir à la question. Tout dépend du milieu dans lequel on évolue, des gens à qui l'on se compare, mais surtout de notre façon de penser. J'ai lu beaucoup de livres de développement personnel expliquant la pratique de la gratitude. Je pense que tout le monde devrait essayer. C'est incroyable comme des petites choses peuvent procurer du plaisir, sans que nous en profitions vraiment, parce que nous les considérons comme « normales ». Je pourrais écrire des pages et des pages sur le sujet, mes colocataires peuvent en témoigner, je suis capable d'en parler des heures. Mais puisque ce chapitre est seulement une entrée en matière, je vais essayer d'en garder un peu pour plus tard.

J'ai réalisé que, peu importe si une histoire est extraordinaire ou banale, elle peut toujours aider, réconforter ou inspirer des gens. Dans mes moments très difficiles avec l'anorexie, lire des témoignages d'autres jeunes filles m'a fait beaucoup de bien. Savoir que certaines avaient réussi à s'en sortir me donnait de l'espoir. J'ai aussi dévoré un grand nombre de livres sur le trail et la course à pied et ceux de Kilian Jornet n'étaient pas les seuls à me faire rêver. Finalement, tant qu'il y avait de l'honnêteté et de la sincérité, cela me plaisait. Sur les réseaux sociaux, on suit beaucoup d'influenceurs qui n'ont pas grand-chose de spécial, ils ont simplement choisi de s'exposer. On reste abonné parce qu'ils nous inspirent, leur vie étant parfois assez proche de la nôtre. Pourtant, on leur fait toujours les mêmes reproches : ils en feraient trop ou ils ne montreraient que les aspects positifs de leur quotidien. Pour ma part, j'ai déjà ressenti une forme de réconfort en lisant un post sur les difficultés d'un influenceur quand moi non plus je n'allais pas bien. Savoir que les autres aussi traversent des épreuves et comprendre ce qu'ils ont mis en place pour aller mieux m'a beaucoup aidée ces dernières années. Pour toutes ces raisons, je me suis dit que, après tout, je n'avais rien à perdre à écrire un livre.

*

Reprenons donc l'histoire de la petite Clara. Elle adore courir partout. À 6 ans, elle organise des concours de saut d'obstacles dans son jardin avec sa petite sœur qui en a 4. Elle lui explique que, même si la barre qu'elle doit franchir lui arrive presque à la tête, elle peut le faire, c'est une question de mental. (D'ailleurs, sa petite sœur a fini par la passer, cette barre, après quelques pleurs et beaucoup de sauts ratés.) Leur gentil papa leur offre même du matériel d'*agility* pour qu'elles continuent leur parcours farfelu. L'objectif est de sauter aussi haut que les chevaux, mais sans les chevaux. À l'école, en cours de récréation, le but est de courir plus vite que les garçons. Épervier, chat, balle au prisonnier, tant qu'il faut bouger, ça lui plaît.

Vous l'aurez donc compris, petite Clara est hyperactive, mais elle n'en a encore aucune idée et sa famille non plus. Comme elle paraît timide et calme, personne ne se doute de rien.

Petite Clara s'applique beaucoup à l'école. Elle adore y aller et fait toujours ses devoirs en avance. Presque chaque année, elle est première de sa classe et est très heureuse de rendre fiers ses parents avec ses bulletins. Les mots « rigoureuse » et « organisée » y reviennent chaque trimestre. Petite Clara sait bien qu'elle est loin d'être un génie, mais que son point fort est son auto-discipline et son exigence envers elle-même. À ce moment-là, du moins, c'est encore une qualité.

L'enfance se passe tranquillement, dans les rires, les jeux et l'insouciance. Peut-être même un peu trop tranquillement, car malheureusement, le cocon dans lequel elle évolue n'est pas très représentatif de la vraie vie. Son pire tracas est d'arriver en retard à l'équitation le mercredi. Au collège, elle commence à rêver de liberté et d'indépendance, mais elle sent bien qu'elle n'y est pas encore préparée.

Apprendre à compter les carreaux

« Mais à quoi tu penses quand tu nages ? Tu ne t'ennuies pas ? Tu comptes les carreaux ? » On pose sans cesse cette question aux nageurs, alors que non, les piscines n'ont plus de carreaux. De toute façon, je ne vois pas qui les compterait au milieu d'une séance de natation, puisqu'il faut déjà se concentrer sur sa technique de nage, ne pas se tromper sur le nombre de longueurs et respecter les allures demandées.

J'ai longtemps côtoyé les bassins dans ma jeunesse (je suis désormais une vieille dame de 20 ans). Tout a commencé par des petits cours pour apprendre à nager quand j'avais 6 ans. Mes parents y tenaient, c'était très important que je sache me débrouiller toute seule dans l'eau. Les pauvres étaient loin d'imaginer ce qui les attendait.

Nous avions cours trois fois par semaine, puis six, puis les entraîneurs ont voulu passer à deux fois par jour (chose pour laquelle j'étais moyennement motivée et mes parents encore moins). À 9 ans, j'ai fait ma première compétition de natation. Je me rappelle que mon père m'avait expliqué, sur le chemin, qu'en brasse, il fallait absolument toucher le mur des deux mains. J'y ai bien pensé à l'arrivée, mais pas au virage. Le juge arbitre, clément par rapport à mon âge, ne m'avait pas disqualifiée. Dans mes souvenirs, je ne m'en voulais pas beaucoup pour cet oubli. Je crois que je m'étais simplement dit que j'y penserais la prochaine fois. À ce moment-là, j'avais encore une certaine indulgence avec moi-même, qui m'a complètement quitté à l'adolescence.

J'ai continué la natation en compétition jusqu'à mon entrée en terminale. Petite, j'ai même cumulé celles d'équitation et de natation, une vraie torture logistique pour mes parents qui ne savaient plus comment organiser les week-ends. Je me débrouillais bien, j'ai atteint le niveau national deux, mais je gagnais très rarement. J'avais de plus en plus l'esprit de compétition en grandissant. Mais il y avait toujours plus forte que moi, même lors de mes pics de progression. Cela ne m'affectait pas plus que ça, puisque ça avait toujours été ainsi. Ce qui comptait surtout à mes yeux était d'améliorer mes temps. Si je n'y parvenais pas ou qu'une de mes amies me battait alors que ce n'était pas le cas d'habitude, j'étais capable d'en pleurer longtemps.

J'ai vécu des moments vraiment incroyables avec la natation. Je suis encore en contact avec les amies (le mot semble un peu faible) que j'y ai rencontrées. Entre les stages avec sept heures d'entraînement par jour et les compétitions qui commençaient à 6 heures du matin le vendredi et les week-ends, on en a vécu des choses ensemble ! Ces amies-là, je sais qu'elles seront toujours là, et qu'elles se reconnaîtront. Le sport peut s'avérer extrêmement difficile mentalement, mais il permet aussi des rencontres inoubliables.

Néanmoins ça n'était pas toujours facile d'être en compétition avec ses meilleures amies. Nous nous soutenions et nous nous encouragions, mais nous étions aussi confrontées à la pression exercée par les entraîneurs. Quand l'autre gagnait, la pointe de jalousie était souvent difficile à gérer.

Plusieurs m'ont beaucoup aidée à me surpasser. Certains m'ont encouragée à moins me prendre la tête, à savoir foncer plutôt que réfléchir. Avec d'autres, l'expérience a été plus compliquée. Je n'ai jamais compris certaines méthodes qui consistaient à mettre les nageurs en concurrence et voir qui craquerait le premier. Pour moi, le sport, c'est avant tout pour soi, pas pour les autres.

Toujours est-il que je me suis entraînée dur pendant sept ans, parfois en perdant de vue la raison première pour laquelle je nageais : le plaisir. Je n'étais pas encore dans une sphère de « haut niveau », mais c'était tout comme. Les entraînements étaient exigeants et prenaient beaucoup de temps. À côté, il fallait réussir à s'organiser pour les cours, surtout au lycée. J'adorais ce rythme non-stop qui ne me laissait pas une minute de pause, mais en même temps, il m'épuisait. Dès mes 13 ans, j'ai commencé à faire des crises d'angoisse lors des stages et j'ai passé la moitié de mon année de seconde à pleurer de fatigue. Pour les chanceux qui n'ont jamais fait de crise d'angoisse et ignorent à quoi elles ressemblent, imaginez-vous respirant comme après un sprint intense. Ajoutez à cela de grosses nausées, souvent l'envie de vomir sans y parvenir et, pour pimenter le tout, des tremblements dans tout le corps. À 13 ans, cette réaction de détresse m'avait vraiment effrayée. Heureusement, elle m'a aussi aidée à relativiser l'importance de la natation dans ma vie. J'ai vite compris qu'il fallait que j'apprenne à gérer mon stress. Le problème avec l'anxiété, c'est que ça peut aller très bien pendant plusieurs années, et revenir d'un coup.

Mes temps en natation ont commencé à stagner quand ceux de ma sœur explosaient. Je ne l'ai pas précisé, mais à force d'accompagner mes parents à mes compétitions, elle ne rêvait que d'une chose : participer elle aussi. Depuis toute petite, elle a toujours été un vrai poisson. Au bord de la mer, elle s'échappait à quatre pattes pour essayer d'atteindre l'eau. Alors, dès son arrivée dans les bassins, ce fut la révélation. Elle a très vite progressé et s'est classée parmi les meilleures filles de son âge. Pour mon ego de grande sœur habituée à faire toujours mieux qu'elle, ce fut très difficile. Je ne voulais pas l'admettre, mais j'étais très jalouse de ses facilités. Pour atteindre ses chronos, je devais beaucoup m'entraîner, alors que chez elle, cela semblait inné.

Il faut savoir que la natation est une discipline très ingrate. Comme pour tous les sports, il y a forcément de grandes inégalités génétiques : on peut s'entraîner autant qu'un champion sans jamais atteindre son niveau. Mais là où la natation est particulièrement sournoise, c'est qu'elle demande plus de vingt heures d'entraînement par semaine, pour souvent très peu de résultats. On peut pratiquer comme un dingue et enchaîner contre-performance sur contre-performance. Heureusement, il peut aussi arriver que l'on progresse d'un coup sans savoir pourquoi. Mais bien souvent, une fois cette période terminée, on est incapable de remettre en place ce qui nous a fait progresser.

J'ai essayé plusieurs spécialités : le crawl, le dos, puis la brasse et enfin le quatre-nages. À chaque changement, j'avais la sensation d'un renouveau. Comme je n'avais pas d'attentes vis-à-vis du chrono, j'arrivais détendue et motivée en compétition, et je progressais très vite. Puis quand j'atteignais un palier sans réussir à m'améliorer, je me posais mille et une questions sur les raisons de cette stagnation. Je me donnais encore plus à l'entraînement, sans résultat. Avec du recul, je pense que je me suis tellement focalisée sur la réussite que j'en ai oublié de m'amuser. Me mettre la pression n'a jamais très bien fonctionné chez moi. « L'important n'est pas l'objectif mais le chemin parcouru pour l'atteindre », me répétait sans arrêt ma mère. J'ai toujours cru qu'elle ne pouvait pas comprendre, puisqu'elle ne faisait pas de compétition et détestait le sport. Aujourd'hui, j'essaie de faire de cette citation ma philosophie de vie.

Le perfectionnisme

Mes années de natation m'ont permis d'apprendre la rigueur et la persévérance. Pour atteindre un objectif, il faut savoir se donner à 100 % et faire des sacrifices. Ça paraît logique, tout le monde sait que la réussite ne tombe pas du ciel. Mais chez moi, cette obsession des objectifs a pris des proportions un peu trop grandes, à m'en rendre malade. Pendant longtemps j'ai même eu peur de m'en fixer de nouveaux, par crainte de passer à côté et d'être déçue.

Le perfectionnisme est à la fois une qualité et un défaut. Si vous êtes perfectionniste, je n'ai pas besoin de vous faire un tableau. Se montrer si exigeant avec soi-même et s'imposer autant de contraintes, c'est vite épuisant. Surtout pour le peu de reconnaissance, de bienveillance et d'estime de soi qu'on s'accorde en retour. Le pire, c'est qu'on ne s'en rend même pas compte : simplement, rien n'est jamais suffisant. Les objectifs atteints sont considérés comme insignifiants. On cherche à en fixer de plus ambitieux, censés nous rendre heureux. Mais ils ne nous apportent jamais le bonheur, car le vrai problème, c'est notre manque d'amour propre. Le *self love*, comme on dit, est nécessaire pour pouvoir être fier d'un objectif atteint, avant de passer au suivant.

En seconde, je suis entrée dans un cycle de déception perpétuelle. Je n'avais aucune considération pour ce que j'accomplissais, juste une peur bleue de ne pas parvenir à faire aussi bien le trimestre suivant. L'éventualité d'un échec m'angoissait tellement que j'étais incapable de prendre du temps pour moi sans culpabiliser. Mon cerveau considérait tout ce qui n'était pas du travail ou des entraînements de natation comme improductif. Même dans la cour de récréation, j'avais du mal à faire semblant de suivre les conversations, je restais focalisée sur ma To-Do list trop remplie. Pourtant, la plupart des lycéens vivent la seconde comme une année de liberté où, bien que le niveau scolaire soit plus élevé, ils ont du temps pour les amis, faire la fête, et traîner après les cours. Pas moi. À chaque trou dans mon emploi du temps, j'allais au CDI avec mes amies et, pendant qu'elles discutaient, jouaient sur leur téléphone et s'amusaient de ne pas réussir à travailler, je révisais les prochains contrôles. Mon sérieux les impressionnait. Elles me disaient : « Mais Clara, je ne sais pas comment tu fais pour être si motivée ! » Au début, c'est vrai, c'était de la motivation, je voulais « juste » bien faire. Mais ensuite, c'est devenu une angoisse horrible de décevoir mes parents, mes grands-parents, mes professeurs. J'avais aussi une peur terrible du regard des autres. Par exemple, si je n'obtenais pas la meilleure note, j'imaginais mes camarades de classe se demander la raison de mon échec. Bien sûr, ce genre de scénario n'existait que dans ma tête. Mais j'étais incapable de prendre du recul et de réaliser qu'enchaîner les vingt sur vingt ne me rendait pas heureuse, loin de là.

Comme j'étais effrayée par ce qu'on allait penser de moi, j'essayais de ne pas la jouer trop intello, de ne pas m'isoler, et d'aider au maximum les autres en leur prêtant mes fiches ou en leur expliquant ce qu'ils n'avaient pas compris. J'avais un bon groupe d'amis, même si je ne sortais jamais avec eux le week-end. Souvent je me rendais directement à l'entraînement après les cours, je devais donc m'avancer sur les devoirs de la semaine. J'étais capable de passer des heures à faire des fiches d'histoire-géo pour être sûre de tout connaître, car ma professeure était exigeante. Je n'ai jamais particulièrement aimé cette matière, pourtant j'apprenais tout par cœur. Je me souviens encore d'un week-end où j'ai fini en larmes parce que ma mère avait insisté pour que je joue avec ma famille au ping-pong, au lieu de réviser. Je lui avais jeté à la figure que, normalement, les parents encouragent leurs enfants à travailler et ne leur reprochent pas de ne pas prendre le temps de faire un ping-pong ! Je n'avais pas du tout compris sa réaction. Aujourd'hui, je réalise qu'elle était morte d'inquiétude de me voir en permanence dans une piscine ou assise derrière un bureau, en ne m'autorisant aucun loisir.

Inutile de vous dire que je n'ai absolument aucun souvenir de tout ce que j'ai appris, et c'était déjà le cas une semaine après le devoir sur table. Je le regrette, parce que j'ai même oublié la plupart des bases de culture générale. Mon cerveau les absorbait pour les recracher sur ma copie, puis faisait un gros *reset* tellement ma charge mentale était importante. Certes, tout le monde fait la même chose, parce que l'on n'utilise pas ces notions par la suite. Mais chez moi, c'est vraiment tout ou rien : l'année dernière, j'ai été incapable de placer un seul département sur la carte de France, sauf celui où j'habitais. Quand on a eu vingt sur vingt de moyenne en géographie, il y a quand même une incohérence.

Au lycée, on m'a placée dans une classe « TGV », où il y avait un peu plus de cours et où l'on allait plus vite. L'établissement sélectionnait les meilleurs élèves de troisième pour y entrer. Au début, je me suis dit qu'il était inutile de chercher à être première de la classe, puisque, justement, il n'y avait que les meilleurs élèves des collèges alentour. Mais, au premier trimestre, j'ai fini première *ex aequo* avec une autre fille. Elle était encore plus angoissée que moi, elle sortait souvent au milieu des cours ou des DST parce qu'elle se sentait mal. Cela me rappelait mes crises d'angoisse de cinquième, que j'arrivais désormais à maîtriser en public. Je me disais que je ne voulais surtout pas être comme elle, constamment malade de stress, alors que c'est justement l'anxiété qui empêche de réussir. Pourtant, même si je ne demandais pas à sortir de classe, j'étais dans le même état : la boule au ventre, la tête fatiguée, le cœur vide.

Lorsqu'on est trop perfectionniste, on plonge souvent dans un grand mal-être, car on ne se sent jamais assez bien. Les petits objectifs non accomplis nous paraissent être des échecs monstrueux, une honte énorme. Une part de nous est convaincue que tout le monde se moquera de nos erreurs. C'est aussi un grand sentiment d'infériorité qu'on cherche à combler par nos exploits. De mon côté, j'étais incapable de prendre en considération les compliments qu'on me faisait. Je restais convaincue que ceux qui me félicitaient voulaient se montrer gentils ou se trompaient sur moi, parce qu'ils ne me connaissaient pas assez bien. Toutes les excuses étaient bonnes pour ne pas les croire et me rabaisser. Surtout, je craignais leur réaction si je régressais. J'étais terrifiée qu'ils en soient satisfaits – « Ah ! Elle a craqué finalement ! » –, étonnés, ou déçus. Quand on est perfectionniste, on a souvent peur de décevoir tout le monde, alors que la seule personne qui en demande autant, c'est nous-même.

Le premier trimestre de seconde s'est tout de même bien passé, puisque je ne m'étais pas fixé d'objectif particulier. Tout a basculé au deuxième trimestre. Avec l'hiver, le froid et la pression inconsciente de me maintenir première de classe, je suis vite arrivée au bout de mes réserves. Je tombais tout le temps malade et j'étais constamment épuisée. Pourtant, je ne relâchais pas le rythme – simplement, je perdais de plus en plus goût à la vie.

En natation, le début de l'année avait bien commencé. J'étais passée en spécialité brasse et mes temps s'étaient très rapidement améliorés. L'année précédente, j'étais encore en spécialité dos, et je me rappelle les récréations entières à discuter avec ma meilleure amie de l'époque de mes résultats qui stagnaient. La pauvre m'épaulait comme elle pouvait, elle voyait bien que j'étais mal. Elle aussi était nageuse, mais ne comprenait pas du tout qu'on puisse se mettre dans de tels états pour de la natation. Pour elle, c'était juste « pour le fun », et je lui enviais cette simplicité. Après les compétions, je pleurais tout le temps, souvent plusieurs jours.

L'hiver de ma seconde, mon entraîneur a commencé à placer en moi des espoirs de qualification pour les championnats de France. Peu de personnes de mon club pouvaient envisager d'atteindre ce niveau. J'en étais donc très fière, et je me suis beaucoup investie. Mais ça n'a pas fonctionné. Ce trop d'exigence m'a vidé de mon énergie et a crispé ma nage ; mes temps ont recommencé à stagner. Je me rappelle rentrer à la maison après une compétition, juste avant les vacances de Noël, et m'effondrer par terre, dans l'entrée, tellement j'étais épuisée et déçue.

Quand j'écris tout ça, six ans plus tard, je me dis que mon histoire doit vraiment paraître étrange à certains. Tout avoir pour être heureuse, réussir partout et trouver le moyen de se pourrir la vie. Ça fait vraiment petite fille trop gâtée. Et c'était le cas. Mais la petite fille était complètement perdue. C'est tout l'art du perfectionnisme : on a tout, en ayant l'impression de ne rien avoir. Tant qu'on n'apprend pas à régler notre façon de fonctionner et à s'accorder un peu de bienveillance, cela peut aller très loin. J'ai lu dans un livre sur le sujet qu'une personne deux fois prix Nobel s'est suicidée à 40 ans parce qu'elle se trouvait nulle[1].

Mes parents aussi étaient perdus. Les pauvres ont eu l'occasion de saisir le sens du « qui m'aime me suive ». Ils étaient très fiers de tout ce que j'accomplissais, mais voyaient bien que j'allais mal. Ils ne comprenaient pas pourquoi je n'étais pas contente de moi. Ils me répétaient sans cesse qu'ils ne m'en demandaient pas autant et qu'ils m'aimeraient de la même façon si mes notes étaient moins bonnes. Leurs mots entraient par une oreille et ressortaient par l'autre. Les premiers que je craignais de décevoir, c'était eux. Je voulais être sûre de toujours voir leur sourire quand je ramenais une bonne note. Cette sensation de les rendre fiers, j'y étais devenue accro, ça me donnait une raison de vivre.

Ma mère a tenté beaucoup de choses pour me redonner goût à la vie : sophrologie, sorties au théâtre, au cinéma, vacances… Rien ne fonctionnait. Mon père, lui, sentait bien qu'il était dépassé par la raison de mon mal-être. Il essayait plutôt de tâter le terrain, d'être présent, de comprendre ce qui n'allait pas. Mais j'étais incapable d'expliquer quoi que ce soit. Leur inquiétude me faisait beaucoup culpabiliser et n'améliorait en rien la situation. Plus

1. Ben-Shahar Tal, *L'apprentissage de l'imperfection*, Pocket, 2011.

j'essayais d'adopter une conduite assurée, plus ils voyaient que je n'allais pas bien.

Pour les perfectionnistes qui se sentent perdus comme je l'étais, sachez que ce trait de caractère peut se transformer en qualité. Avec un suivi thérapeutique et un travail sur soi-même, on apprend à transformer les exigences redoutables en une force incroyable. Pour ceux qui ne comprennent toujours pas cette personnalité bizarre qui n'est jamais satisfaite, préparez-vous, le prochain chapitre est encore plus ambigu.

L’anorexie

J’ai eu du mal à expliquer les fondements du perfectionnisme, je vais en avoir encore plus pour l’anorexie. L’idée est la suivante : vous avez faim, votre tête ne pense qu’à manger, votre corps est dénutri, mais vous continuez à vous priver de nourriture. Voilà. Sympathique, non ?

Plus sérieusement, l’anorexie est une maladie mentale qui fait des ravages terribles. Pour les personnes qui n’ont jamais eu de soucis avec l’alimentation, les troubles du comportement alimentaire (TCA) sont très difficiles à comprendre. L’anorexie n’est pas qu’un simple refus de manger. Ce n’est pas non plus se trouver plus gros dans le miroir que ce que l’on est vraiment (dysmorphie). Ce sont des habitudes sournoises qui se mettent en place progressivement, sans que l’on s’en rende compte et qui, petit à petit, nous privent d’une alimentation saine.

Au début, on commence par supprimer le fromage sur les pâtes. Puis le morceau de chocolat au dessert. Puis les céréales au petit déjeuner. Puis les féculents. Puis la viande. Bref, vous l'aurez compris, à la fin, il ne reste plus grand-chose dans l'assiette. La nourriture devient une obsession : on passe la journée à réfléchir à ce qu'on va manger, ou plutôt à comment ne pas manger. C'est comme avoir une envie pressante quand il n'y a pas de toilettes : tant que ce besoin n'est pas satisfait, difficile de penser à autre chose. Quand on a faim mais qu'on ne mange pas, ça se transforme en trouble mental, d'où le nom « trouble du comportement alimentaire ».

Ce qui n'était à l'origine qu'un petit régime pour perdre quelques kilos devient un véritable enfer psychologique. Le moindre aliment un peu trop calorique peut vous faire culpabiliser pendant des heures. L'idée d'aller au restaurant et de manger un repas non garanti sans matière grasse vous terrifie. Vous avez une peur constante de grossir, de redevenir « comme avant » et de ne plus pouvoir vous regarder dans le miroir.

Être maigre me donnait l'impression d'avoir un peu plus confiance en moi. De m'aimer un peu plus. Je croyais que si je perdais quelques kilos supplémentaires, je me donnerais un peu plus de valeur. Bien sûr, l'anorexie ne fonctionne pas du tout comme ça. C'est comme pour le perfectionnisme : ça n'est jamais suffisant. Le poids descend mais n'est jamais assez bas. Parmi les personnes qui souffrent d'anorexie, on retrouve beaucoup de perfectionnistes car les deux sont étroitement liés. Les deux impliquent de savoir s'imposer des contraintes très dures, car on est persuadé de pouvoir faire mieux.

En voulant contrôler ce que l'on mange, on cherche souvent à avoir l'illusion de contrôler sa vie. C'est terrible à dire, mais cette sensation donne aussi un sentiment de supériorité. Au début, on se sent fier et presque puissant. On a l'impression d'être plus fort que les autres parce qu'on arrive à ne pas prendre de dessert. On s'imagine que, parce qu'on voit le contour de nos abdominaux, on est « au-dessus ». En réalité, on ruine notre santé mentale et physique.

Pour ma part, mon anorexie était accompagnée d'orthorexie, l'obsession de ne manger que des aliments sains. On se met à compter toutes les calories et à voir des chiffres au lieu des aliments. C'est une torture permanente puisqu'on ne désire rien d'autre que de manger et, en même temps, cela nous effraie plus que tout. La crainte de faire un écart nous suit partout.

Malheureusement, la peur s'étend souvent dans d'autres domaines de la vie. Mes angoisses en seconde étaient aussi beaucoup liées à mon corps, qui était au bout de ses réserves. Quand il est mis en stress par le manque de nourriture, l'anxiété se propage et un rien peut provoquer une angoisse intense. Le moindre changement de programme ou imprévu me stressait pendant des heures. Mon cerveau restait en boucle sur le déroulement de la journée, de la semaine, cherchant à contrôler chaque paramètre. Comme si, avec des efforts acharnés, il parviendrait à maîtriser n'importe quelle situation. Pour éviter de penser à la nourriture, le cerveau est capable de se lancer des défis incompréhensibles. Le travail mental devient tel que l'on ne vit plus, on subit. Si on est invité à sortir avec ses amis, au lieu de se dire : « Cool, j'ai hâte », on va se dire : « Si je ne veux pas finir seule, mieux vaut ne pas refuser. Mais comment je vais faire si on va au restaurant ? Si ça dure trop longtemps et que je n'ai pas le temps de terminer mon travail ? S'il y a des gens avec qui je ne suis pas à l'aise ? Est-ce qu'on va me juger ? » Toutes ces questions continuent leur combat infernal dans notre tête, jusqu'à la fameuse sortie, qu'on finit bien souvent par annuler tellement elle nous angoisse.

On parle souvent de « petite voix dans la tête » pour expliquer l'anorexie. C'est comme si quelque chose d'extérieur nous dictait notre conduite, nous interdisait de nous resservir même quand notre estomac hurle de faim. Il faut distinguer la maladie de la personne en elle-même, qui à l'origine n'était pas forcément anxieuse et égocentrique. Une fois que le cercle vicieux de l'obsession alimentaire se met en place, c'est comme s'il s'emparait progressivement du cerveau du malade. Si un membre de son entourage ne l'aide pas rapidement à en prendre conscience, il sera toujours persuadé que c'est lui qui prend les décisions, qu'il est le plus fort mentalement car il parvient à maintenir son régime. Quand il a l'impression de tout maîtriser, c'est en fait la maladie qui le maîtrise. Généralement, il faut plusieurs années pour se rendre compte qu'on est perdu et qu'on ne contrôle plus rien.

Ce qu'il faut avant tout comprendre avec les troubles du comportement alimentaire, c'est qu'il n'y a rien à comprendre. C'est une maladie complètement irrationnelle. Aucune donnée scientifique ne peut vous donner le temps de guérison nécessaire, les origines des symptômes ou un médicament miracle. Tout ce que l'on sait, c'est que les malades sont mal dans leur peau, mangent peu, voire pas, et perdent beaucoup de poids. Vous vous en doutez, les conséquences peuvent être très importantes. D'abord, la peau et les cheveux s'abîment, les femmes peuvent souffrir d'aménorrhée (absence de règles). Ensuite, les os se déminéralisent, ce qui peut provoquer, quelques années plus tard, des fractures de fatigue. Les dents peuvent aussi se détériorer, sans compter les cellules neurologiques que l'on tue pour toujours. L'anorexie est la maladie mentale qui fait le plus de morts, soit par affaiblissement, soit par suicide. Tout ça à cause de cette petite voix nocive que l'on ne parvient pas à faire sortir de sa tête.

Les origines des TCA peuvent être multiples, ce qui les rend encore plus difficiles à identifier et comprendre. Ils sont souvent liés à des traumatismes psychologiques de l'enfance, qu'ils soient très importants ou presque insignifiants. C'est pourquoi il est très rare de réussir à s'en sortir seul. Notre inconscient est trop difficile à décrypter, et faire face à ses propres traumatismes est bien plus compliqué qu'on ne le pense. Rien que pour admettre qu'on souffre d'anorexie, il faut parcourir un sacré chemin.

Mes premiers symptômes de TCA sont survenus en fin d'année de troisième, où j'ai commencé à me trouver trop grosse par rapport aux autres filles de mon groupe de natation. Lors d'un stage, mon entraîneur déclara que j'avais grossi, ce qui fut l'élément déclencheur de mon premier régime. J'ai beaucoup souffert de cette remarque. Mon regard de petite fille sur mon corps s'est alors éteint. Jusque-là, j'avais, dans mon souvenir, toujours été satisfaite de mon apparence. J'avais commencé la musculation l'année précédente et j'adorais mes muscles bien dessinés. J'étais fière d'avoir de bons biceps grâce auxquels j'arrivais à faire dix tractions d'affilée. Je me pesais de temps en temps et le poids montait, mais je comprenais que c'était parce que je grandissais et prenais du muscle. Ma vision a complètement changé par la suite. Une fois la puberté passée (j'ai eu mes premières règles en cinquième), je savais bien que je ne grandirais plus beaucoup. Quand mon entraîneur a relevé ma prise de poids, je me suis dit : « Donc les autres le remarquent… Ça se voit que j'ai grossi. » Je me scrutais dans le miroir et n'aimais pas du tout ce que j'y trouvais. Je me rendais compte que j'avais de nouvelles formes et j'en avais honte. J'avais honte de ne plus être une petite fille.

J'ai continué ce régime toute mon année de seconde, sans soupçonner que je plongeais dans un cercle infernal qui allait durer des années. J'avais peur qu'au moindre aliment plaisir que je m'accorderais, je reprendrais tout ce que j'avais perdu. J'ai donc fini par ne plus en manger du tout.

En première, j'ai rencontré mon premier copain, avec qui je suis restée un an. Les premiers mois, ça m'avait beaucoup aidée à lâcher prise sur la nourriture. Je ne voulais pas paraître difficile, donc je mangeais ce qu'il me proposait sans trop réfléchir. J'ai repris un poids de forme et mes règles sont revenues. Mais l'été, en vacances avec ma famille, je me suis de nouveau retrouvée face à mes problèmes. Je ne les avais pas résolus, simplement mis de côté. J'étais incapable de me voir en photo sans pleurer. Parfois, je pleurais même au milieu de la plage, comme ça, juste parce que je trouvais que mes cuisses s'étaient épaissies.

J'ai tout perdu à nouveau pendant mon année de terminale, où j'ai arrêté la natation pour me consacrer à l'athlétisme. Même si ce changement de sport m'a fait beaucoup de bien psychologiquement, ça ne m'a pas du tout aidée avec les TCA.

En course à pied, surtout en course de fond et demi-fond, environ 80 % des filles sont anorexiques. L'idée circule que pour courir vite, il faut être maigre. Il est vrai qu'on va plus vite avec moins de poids à porter. Mais l'équilibre poids/puissance musculaire reste bien plus important qu'un chiffre sur la balance. La masse graisseuse ne devrait pas être diabolisée, car, qui dit pas de graisse, dit souvent aménorrhée, fracture de fatigue, donc plus d'entraînement. Quoi qu'il en soit, quand on débarque dans ce milieu, on s'imagine que tous ces corps frêles sont en bonne santé, qu'ils sont minces grâce à la course à pied, que si l'on veut performer, il faut atteindre cet objectif physique. Pour certaines filles, la génétique fait qu'elles y parviennent sans restriction. Mais pour la majorité, c'est le début des privations. Comme c'est un sujet très tabou dans le sport de haut niveau, personne n'en parle, et le culte de la maigreur est entretenu.

Pour ma part, j'ai eu la chance d'avoir des entraîneurs d'athlétisme qui ne m'ont jamais poussée à perdre davantage de poids. Ils m'ont toujours considérée comme une sportive responsable, et ne se sont jamais permis aucune réflexion, de juger mon physique ou de critiquer mon poids. Malheureusement, ce type de remarque est très courant dans le sport de haut niveau, surtout en athlétisme. Ces dernières années, je me suis beaucoup renseignée sur le sujet ; je trouve vraiment regrettable que certains entraîneurs continuent de peser leur meilleur élément devant le groupe entier et leur demandent de perdre des kilos pour gagner quelques secondes. J'ai été très touchée par les témoignages d'athlètes comme Emma Oudiou ou Allie Ostrander[2], qui dénoncent ces pratiques. Allie dit dans une de ses vidéos : « Quand une classe échoue, on ne se demande pas pourquoi chacun des élèves, un à un, a échoué. On se demande si le professeur a mal expliqué la leçon. » C'est pareil pour les TCA en athlétisme. Si autant

2. Voir leurs comptes Instagram : @allie_ostrander et @emma.oudiou.

de filles sont touchées, c'est parce qu'il n'y a aucune prévention. Pour quelques années de performances, elles sont prêtes à ruiner le reste de leur vie. Mais quand on a à peine 18 ans, on est loin d'imaginer tout ça.

Mes parents avaient beau être très inquiets de ma perte de poids, leurs conseils ne m'importaient pas. Pour moi, ils n'y connaissaient rien. Quand ils me parlaient de ma santé, je fuyais le sujet. Parce qu'ils étaient mes parents, et on sait tous qu'il est difficile d'écouter ses parents, mais surtout parce que j'avais décidé de n'en faire qu'à ma tête. L'anorexie avait pris le contrôle, il m'a fallu plus de trois ans pour m'en rendre compte. Je n'ai admis avoir un problème qu'au début de mes études supérieures. Comme j'arrivais à en parler à ce moment-là, je pensais être presque tirée d'affaire. Je n'avais pas idée du chemin qu'il me restait à parcourir.

Toutefois, si dans le cadre sportif on m'avait davantage avertie sur les conséquences d'être en sous-poids, les choses auraient peut-être été différentes. Lors des stages par exemple, il serait intéressant d'organiser des séances de prévention sur l'aménorrhée pour les filles. J'aurais vraiment aimé qu'on nous explique que si l'on comptait courir longtemps, il fallait avoir nos règles. Que sans ça, on fixait mal le calcium sur nos os, et qu'on prenait le risque de se blesser à n'importe quel moment. Qu'une fois l'os cassé, la douleur pouvait prendre plus de trois mois à disparaître. Trois mois sans courir. Quand les leçons ne viennent pas des parents, mais de professionnels sportifs, cela peut tout changer et provoquer le déclic bénéfique.

La puberté est très taboue dans le milieu du sport, car, si les garçons améliorent souvent leurs performances, c'est l'inverse pour les filles. Quand ils prennent de la masse musculaire grâce à la testostérone, les filles prennent de la masse graisseuse. Il est donc normal que les chronos ne s'améliorent pas, voire régressent, pendant quelque temps. Il faut l'accepter et regarder vers l'avenir, au lieu de chercher à le contrer. J'aurais aimé qu'on me donne des exemples d'athlètes qui avaient stagné des années durant leur puberté, pour exploser leurs performances ensuite, en bonne santé, et d'autres exemples d'athlètes qui avaient progressé en s'amaigrissant, avant d'arrêter l'athlétisme à cause de trop nombreuses fractures de fatigue. Ces deux cas sont très fréquents. La puberté devrait être vue comme un passage nécessaire où il faut accompagner l'athlète et la conforter dans l'idée qu'elle trouvera ses marques dans ce nouveau corps, et non pas comme quelque chose qui altère la performance.

J'ai écrit beaucoup de poèmes sur l'anorexie, quand j'étais au plus mal, mais aussi quand j'allais mieux. Depuis petite, j'adore la poésie, je dois ça à mon grand-père paternel qui est un poète incroyable. Pour déchiffrer ce qui se passe dans sa propre tête et l'exprimer, rien de tel qu'un poème. Il sublime les émotions qu'on ressent. Une fois les ressentis étalés sur le papier, les lire à voix haute en les faisant rimer procure comme une délivrance.

Mes parents ont souvent tenté de me convaincre de publier un recueil. Je m'oppose fermement à cette idée pour deux raisons. Premièrement, il serait difficile de retrouver tous ces poèmes. Deuxièmement, ils croient que j'ai un talent parce qu'ils ne se sont pas vraiment intéressés aux règles de versification et ne prennent pas le temps de vérifier si j'écris en alexandrins.

Je préfère la spontanéité au respect des règles de versification. Malgré tout, voilà quelques strophes, histoire d'ajouter une petite originalité à ce témoignage dans lequel, j'espère, d'autres pourront se retrouver.

Le reflet

Une jeune hirondelle survolait l'océan,
Devant tout ce bleu elle était ébahie.
Elle voulut voir de plus près les scintillements
De l'eau qui semblait pleine de vie.

Mais comme fut forte sa déception
Quant au lieu de l'eau toute belle,
Seulement son reflet par réflexion
Put observer notre jeune hirondelle.

Pourtant, elle avait fière allure,
Elle était la plus rapide d'entre toutes
Mais ses ailes aux couleurs azur
Lui déplaisaient sans aucun doute.

Des larmes se mirent à couler de ses yeux,
Venant encore nourrir le grand bleu.
Démunie, elle ne savait comment faire
Pour à elle-même davantage plaire.

Puis dans sa mémoire revint
Les souvenirs des courses folles
Avec sa famille, ses amis, ses voisins
Et le plaisir qu'elle avait en plein vol.

Regarder devant

L'hirondelle se trouva bien indécise.
Son reflet elle refusa de regarder,
À plus tard, la question était remise
De savoir comment elle pourrait changer.

Titi

À présent que nous avons fait le tour (s'il est possible de le faire) de l'anorexie, il est temps de remonter le moral des troupes. Ne vous inquiétez pas, je n'ai pas oublié d'expliquer mon chemin vers la guérison, mais je garde les détails pour plus tard, car d'autres péripéties viennent d'abord dans ce long parcours.

Tout ce que vous savez de mes années lycée pour l'instant, c'est que j'étais anorexique. Or, j'ai tout de même vécu de très belles choses lors de mon adolescence. J'ai mentionné tout à l'heure mes années de natation, sans répit mais très formatrices. Pour progresser dans cette discipline, en plus du grand nombre d'heures passées dans l'eau, il faut faire de la musculation, de la préparation physique généralisée et si possible un peu d'aérobie, comme le footing. Aux vacances de la Toussaint de mon année de seconde, c'est donc ce que nous emmenait faire mon entraîneur. Nous allions courir en groupe au parc et devions faire le plus de tours possible pendant un peu moins d'une heure.

Un jour, lors d'un entraînement, nous vîmes un homme assez petit, noir et tout sec distribuer des prospectus pour une course à venir. Dès que nous passions devant lui, il nous encourageait avec un grand sourire. Il dégageait une bienveillance lumineuse. Je venais d'avoir de nouvelles chaussures de course et je me sentais particulièrement à l'aise dedans. Les écarts dans le groupe commençaient à se creuser et j'étais deuxième, après un garçon plus âgé. Au bout d'une trentaine de minutes, j'ai commencé à le rattraper. Je me sentais bien et relançais régulièrement mon allure. Notre supporter s'en est aperçu. Chaque fois que je passais devant lui, il me faisait un nouveau compliment ou me proposait d'aller faire un essai au stade avec lui. J'ai fini par rattraper mon ami et nous avons maintenu un bon rythme jusqu'à la fin, nous motivant l'un et l'autre.

Ensuite, nous sommes passés à la préparation physique généralisée. Pendant nos exercices de gainage, l'homme du stade est allé parler à mon entraîneur. Il lui a demandé si j'étais disponible pour la compétition dont il distribuait les prospectus. Mais impossible d'y participer car une compétition de natation était prévue à la même date, et j'avais déjà un emploi du temps bien trop chargé entre les cours et la natation pour y ajouter de la course à pied. J'étais flattée de sa proposition, mais c'était hors de question. Je venais de faire la rencontre de Thierry, alias Titi.

Une semaine plus tard, chez mon grand-père, mes parents ont reçu un appel inconnu. Nous étions encore à table quand mon père a décroché.

« Oui, bonjour, je vous appelle parce qu'il faut vraiment que votre fille vienne essayer l'athlétisme, elle a du potentiel, si elle s'entraîne avec moi elle peut devenir championne de France. »

Nous nous sommes tous lancé un regard qui voulait dire « mais c'est qui ce fou ? ». Puis je me suis souvenue de l'homme aux prospectus du parc. J'ai commencé à faire de grands signes à mon père qui voulaient dire : « C'est mort ! Je ne sais pas ce qu'il me veut, lui, mais il a l'air bizarre ! » Mes parents ont plus ou moins compris le message et, malgré la grande insistance à l'autre bout du fil, ont répété que ça ne me disait rien et que je me focalisais sur la natation. Quand ils ont raccroché, nous avons tous éclaté de rire. Comment cet homme avait-il obtenu le numéro de mes parents ? Et qu'est-ce qui lui était passé par la tête pour m'imaginer championne de France avec un simple footing au parc ? Nous nous sommes moqués de son audace toute la soirée. Trois ans et demi plus tard, je remportais le titre de championne de France junior sur 10 kilomètres.

C'est ma mère qui m'a poussée à changer d'avis. Comme je l'ai dit, l'hiver de ma seconde, j'allais mal et elle cherchait par tous les moyens à me faire sortir la tête de mes cahiers. Thierry continuait de lui envoyer des messages, lui expliquant que je pouvais même essayer une compétition sans m'entraîner, si je n'avais pas le temps. Elle me montrait les textos et m'encourageait gentiment, avec beaucoup de persévérance. Elle a trouvé mille arguments : « Juste un essai le week-end où tu n'as pas de compétition de natation, ça remplace ton footing du dimanche et comme ça, tu essaies ! Ça pourrait te plaire ! Ensuite, si tu n'aimes pas, tu pourras dire que tu avais raison, que tu préfères nager et tu arrêteras. Le groupe est peut-être super sympa ! Tu pourrais faire de nouvelles rencontres ! » Je crois que j'ai finalement accepté pour lui faire plaisir et qu'elle me lâche un peu. Je refusais d'admettre qu'il fallait que je change de rythme de vie. Pour moi, tout ce qui m'empêchait de nager et de travailler était nocif. J'y suis allée pour lui montrer que les compétions d'athlétisme ne m'intéressaient pas du tout et que j'étais très bien comme ça.

Il était prévu que je fasse le cross de mon département en janvier et un ou deux entraînements avant. J'ai convaincu ma sœur de venir avec moi. Le dimanche, nous courrions souvent ensemble pour améliorer notre endurance dans l'eau. Elle était largement aussi rapide que moi, alors qu'elle était plus jeune. Je me disais que si Thierry trouvait que j'avais du potentiel, il allait vite me laisser tomber et prendre ma sœur à la place, puisqu'on avait le même niveau avec deux ans et demi d'écart.

Mon père nous a emmenées au stade le vendredi soir. Le rendez-vous était à 19h devant la piste. Nous sommes arrivés avec presque dix minutes de retard, un peu en catastrophe, gênés de cette impolitesse. Des sprinteurs s'entraînaient sur le stade, mais impossible de trouver Thierry. Il faisait noir et mon père n'arrêtait pas de me demander à quoi il ressemblait. J'étais la seule à l'avoir déjà vu. À 19h15, nous avons commencé à penser qu'ils étaient partis sans nous. Je trouvais ça quand même très bizarre. Nous avons attendu encore un peu et, à 19h20, Thierry est arrivé en courant, tout content. Les autres n'étaient pas encore là, nous dit-il alors, mais qu'ils n'allaient pas tarder. J'étais interloquée. En natation, passé cinq minutes de retard, l'entraîneur nous réprimandait fortement. Il pouvait parfois nous renvoyer chez nous ou nous donner une punition, dix pompes par minute de retard par exemple. Ici, apparemment, arriver une petite trentaine de minutes après l'heure convenue ne dérangeait personne. Nous avons fait l'entraînement d'essai et nous sommes rentrées à la maison en riant encore de Thierry. Il avait appelé ma sœur Lucie toute la soirée alors que son prénom (Julie) était écrit en énorme sur la veste de natation qu'elle portait ! Nous l'avions corrigé une dizaine de fois avant d'abandonner.

Il est très difficile de décrire Thierry pour quelqu'un qui ne l'a jamais rencontré. Il a un sourire assez malicieux, semble sûr de lui, pourtant, parfois, il donne l'impression d'être un peu perdu. Il demande souvent de répéter plus fort et tourne en même temps sa tête pour tendre son oreille qui entend mieux. Il a l'air tout maigre, pourtant ses muscles sont bien développés, on ne peut juste pas imaginer quelqu'un de plus sec. Toutes ces ambivalences nous faisaient rire, ma sœur et moi.

En réalité, Thierry n'est jamais perdu. Il observe. C'est une des personnes les plus intelligentes que je connaisse. Il est d'une bienveillance hors du commun. À condition de parler assez fort, il sait être à l'écoute mieux que quiconque. C'est devenu un troisième parent pour moi. Pourtant, je l'ai mis durement à l'épreuve.

Au cross départemental, ma sœur et moi avons chacune terminé premières de notre catégorie. Thierry était ravi, mais pas étonné du tout. Il espérait que nous viendrions aux régionaux.

Ça m'avait fait beaucoup de bien de gagner contre des filles qui s'entraînaient pour ça, quand je n'avais fait que deux entraînements de course à pied dans ma vie. En natation, c'était tout l'inverse: je m'entraînais comme une dingue sans résultat. Cependant, j'ai refusé d'aller aux régionaux car il y avait une compétition de natation le même week-end. Mais Thierry n'a rien lâché. Il a continué d'envoyer des textos à ma mère presque chaque semaine. « Si les filles veulent passer au stade, elles sont toujours les bienvenues. » « Clara devrait revenir, elle a vraiment du potentiel ! » Mais j'avais décidé que je n'avais pas le temps. Finalement, nous avons été repêchées pour les LIFA, le niveau de cross au-dessus, car nous avions gagné aux départementaux. Nous y sommes allées. Je n'avais pas fait un kilomètre que ma chaussure a fait ventouse dans la boue. Je me suis retrouvée bousculée par une cohue de filles acharnées. Après qu'elles furent toutes passées, je suis retournée récupérer la fameuse chaussure à pointes. À ce moment-là, hors de question pour moi de faire les côtes glissantes avec un pied en chaussette. Je ne voyais pas non plus l'intérêt de repartir après avoir remis l'énorme amas de boue qu'étaient devenues mes pointes puisque les premières étaient loin devant à présent. À l'époque, je n'avais pas encore ma maladresse pour me blesser en toute situation, mais il faut croire que je ne savais pas serrer mes lacets. Je pense que ne pas finir cette course m'a laissée sur ma faim et m'a donné envie d'y retourner. Une semaine sur deux ou sur trois, j'allais au stade le vendredi soir à la place de la préparation physique généralisée avec le groupe de natation. J'ai fait les interclubs sur piste et j'ai terminé troisième aux régionaux de 3 000 m.

L'année suivante, je diminuais les entraînements de natation pour ajouter des entraînements de course à pied à mon emploi du temps. Celle d'après, je me consacrais complètement à l'athlétisme. Et la suivante, j'intégrais l'INSA Lyon en cursus sportif de haut niveau. Mon entrée en sport-études, je la dois entièrement à Thierry. Il m'a montré que le sport ne signifiait pas forcément contraintes et déception, qu'on pouvait aller en compétition juste pour s'amuser, sans se demander si l'entraînement avait été suffisant. Il m'a appris que, peu importe le résultat, on pouvait être fier de soi ; qu'on pouvait s'entraîner dur, non pas pour atteindre un objectif à tout prix, mais pour apprendre à dépasser ses limites. Alors si tu lis ces lignes, merci, Thierry.

J'ai commencé à retrouver le sourire à la fin de mon année de seconde. Les compétitions d'athlétisme me donnaient un grand bol d'air frais. J'y allais sans aucune attente, mon seul objectif était de ne pas me prendre la tête et de courir. Quand on a passé plusieurs années à réfléchir au moindre détail à améliorer pour grappiller quelques dixièmes de secondes, je peux vous dire que ça fait du bien !

Lors de mon année de première, j'ai continué de stagner en natation et de progresser en course. J'étais loin d'être championne de France, mais Thierry n'avait pas l'air déçu. C'est ça qui est génial avec lui : il trouve du positif, quelle que soit la situation. Il continuait de m'accorder autant d'attention, même dans les périodes où je ne parvenais plus à faire les chronos demandés ou quand je n'avais pas fait aussi bien que prévu à une compétition. Ça changeait tout pour moi. À la natation, j'avais constamment l'impression de devoir me battre pour qu'on s'occupe de moi. Pour avoir des conseils et un suivi, il fallait performer et toujours montrer que nous étions prêts à en découdre. Si les résultats ne suivaient pas ou que nous laissions deviner des signes de démotivation, nous nous retrouvions face à nous-même. Comme il y a beaucoup d'aspirants en natation, les entraîneurs ont tendance à voir les nageurs comme des potentiels à chrono. Si le potentiel diminue, ils vont s'occuper de quelqu'un d'autre. Je ne veux pas faire trop de généralités, car j'ai eu la chance d'avoir aussi des entraîneurs qui m'ont tenu la main quand je n'allais pas bien. Mais jamais aussi longtemps que Thierry l'a fait. À ses yeux, je n'étais pas juste une « potentielle championne de France », j'étais Clara. Mes angoisses, mes baisses de moral, mes contre-performances incluses. Il ne m'entraînait pas dans l'espoir de devenir connu grâce à moi, il le faisait pour transmettre sa passion pour la course à pied. On peut dire qu'il a un peu trop bien réussi !

Je me rappelle encore les championnats de France de 3000 mètres quand j'étais cadette. L'objectif était de faire un top 10. Thierry avait fait plusieurs heures de trajet, serré dans la voiture avec ma famille, pour m'accompagner à Angers. Je venais d'avoir mes règles pour la première fois depuis longtemps et j'avais du mal à m'habituer à mes récents changements physiques. Je n'ai pas réussi à refaire mon meilleur chrono et j'ai terminé treizième. Là encore, Thierry n'était pas déçu. Il m'a dit que c'était génial d'avoir réussi à maintenir ma place de qualification.

Bien sûr, comme tout être humain, Thierry n'est pas parfait. Pendant longtemps, notre petit groupe subissait les échauffements qu'il menait à 15 kilomètres/heure. Quand votre VMA[3] est à 18, je peux vous dire qu'il ne reste pas beaucoup d'énergie pour la séance. J'étais la seule fille d'un groupe de six demi-fondeurs, et il était rare que nous soyons plus de quatre à l'entraînement. Pour dire les choses clairement, je morflais souvent. Mais ça ne m'effrayait pas. Je savais que si je craquais, Thierry ferait demi-tour pour venir me rejoindre, sans reproches. Alors je cherchais juste à craquer le plus tard possible. Thierry nous emmenait aussi à la piscine pour faire de l'entraînement croisé. En course à pied, les impacts sont bien plus importants qu'en natation, qui est un sport porté. Faire du vélo ou de l'aqua-jogging permet d'augmenter la charge d'entraînement sans risquer de se blesser. Je demandais souvent à Thierry si je pouvais nager un peu après les séances d'aqua-jogging. Il s'est mis à me corriger sur ma nage. Puis à m'emmener à la piscine exclusivement pour nager. Il s'y connaissait un peu, car il avait déjà entraîné des triathlètes. Par la suite, j'ai gagné plus d'une minute sur le 800 mètres nage libre en compétition. Thierry m'a aussi fait monter sur un vélo. Avec lui, j'arrivais à tenir dessus sans tomber. À mon grand étonnement, je m'accrochais aux pelotons de

3. La vitesse maximale aérobie est la vitesse à laquelle la consommation maximale d'oxygène est atteinte. Elle peut être maintenue pendant environ six minutes.

cyclistes. Le vélo de course que Thierry me prêtait est resté dans mon garage pendant trois ans.

Aujourd'hui, quand je rentre chez mes parents, je sais que je peux toujours aller m'entraîner avec lui. Il donne sans rien attendre en retour. Je souhaite à tous les athlètes de rencontrer un entraîneur comme Thierry. Je sais que beaucoup vivent des moments compliqués avec des relations entraîneur/entraîné qui se passent très mal. Il ne faut pas hésiter à en changer : il y a plus d'entraîneurs bienveillants et désintéressés qu'on ne le pense. La preuve, j'ai trouvé un vrai concurrent à Thierry en partant à Lyon pour mes études. Mon entraîneur actuel m'a accompagnée dans chacune de mes épreuves. Il m'entraîne depuis trois ans, dont un sans courir et deux sans compétition.

L'INSA

Je fais partie de la « génération COVID » : le premier confinement est arrivé lors du troisième trimestre de ma terminale. J'ai obtenu mon bac sans le passer, tout s'est fait par contrôle continu, ce qui m'a très bien convenu puisque je travaillais régulièrement. Les deux petits points bonus ajoutés aux moyennes de l'année ont aussi été une bonne surprise.

Depuis ma rentrée en terminale, j'étais convaincue que j'irais en classe préparatoire scientifique. Tout le monde me disait que j'avais les capacités, que je pouvais aller loin. Seule ma mère était un peu sur la réserve, car ayant elle-même fait une prépa, elle savait la pression à laquelle les étudiants sont confrontés. Connaissant mon exigence avec moi-même, elle craignait que je souffre de ne pas tout réussir et d'avoir de mauvaises notes. Mon année de seconde l'avait déjà assez secouée, pas besoin de retourner dans les angoisses permanentes. Mais elle ne voulait pas prendre de décisions à ma place ou me faire douter de moi-même, donc elle faisait plutôt profil bas. Selon elle, l'important était que j'accepte de ne pas toujours rendre des devoirs parfaits, ce qu'aurait pu m'apprendre la prépa.

Puis il y a eu le confinement. Je courais tous les jours. J'ai commencé à me demander comment j'allais faire sans sport en prépa. Je savais que les deux ne seraient pas compatibles, faute de temps. J'ai mis l'INSA sur Parcoursup, un peu par hasard. Je voulais mettre une école avec prépa intégrée « au cas où ». J'ai vu qu'il y avait une filière « sport études », j'ai coché l'option sans me renseigner. De toute façon, je ne comptais pas aller là-bas.

J'ai reçu en mai une demande de dossier pour cette filière. Il fallait indiquer nos performances, le club où nous comptions nous inscrire… Bref, expliquer notre projet. J'ai passé des coups de téléphone dans les villes de toutes les INSA pour contacter des entraîneurs. Ça commençait à me donner envie, mais je ne voulais pas me faire trop d'illusions puisque je n'étais pas sur liste ministérielle[4]. Mon niveau n'avait rien d'exceptionnel.

4. Pour être reconnu sportif de haut niveau, un athlète doit être inscrit sur une liste ministérielle. Ces listes sont gérées par le ministère des Sports.

J'ai été prise à l'INSA Lyon en filière classique, à l'INSA Blois en filière sportive et dans les prépas scientifiques que j'envisageais au départ. J'ai choisi l'INSA Lyon pour faire un compromis. Je me disais que j'aurais plus de temps pour courir qu'en classe préparatoire, puisqu'il n'y aurait pas de concours. Et dans les classements d'école d'ingénieurs, l'INSA de Lyon était loin devant celle de Blois. Finalement, en juillet, j'ai reçu un mail de l'INSA m'informant que j'étais acceptée en section sportive de haut niveau à Lyon. Je me rappelle ma joie irrépressible devant ce mail. J'ai beaucoup pleuré ces dernières années dans toutes mes petites galères. Mais la vie, c'est aussi des instants de bonheur tellement intenses qu'on ne peut pas s'empêcher de crier de joie.

J'ai donc fait ma rentrée à l'INSA en 2020. Étant originaire de région parisienne (et fière de l'être! Non, c'est ironique, je plaisante), j'ai quitté la maison. Nouvelle ville, nouvel entraîneur, nouveaux amis. J'ai aimé Lyon, tout m'a plu. Bernard, mon entraîneur, était bienveillant et attentionné, j'avais l'impression d'avoir une nouvelle version de Thierry.

J'ai fait des rencontres incroyables, dont mes deux colocataires actuelles avec qui je partage une passion immense pour la course, la nature et le sport en général. Pour les décrire rapidement : vous prenez de la gentillesse, vous rajoutez de la modestie, vous saupoudrez d'humour, de détermination et, surtout, d'une capacité d'écoute hors du commun. (Et croyez-moi je peux être très bavarde. Mais vraiment.) Elles ne se contentent pas d'acquiescer gentiment : elles savent vraiment vous porter toute leur attention. Qu'elles comprennent ou non ce que vous racontez, elles trouveront toujours un moyen de vous réconforter, de saisir le sens de vos émotions farfelues.

Si je m'applique autant à les décrire, ce n'est pas pour leur jeter des fleurs et qu'elles fassent ma vaisselle tous les jours après la lecture de ce livre (même si j'espère qu'elles le liront). C'est surtout qu'avec tout ce qui s'est passé ces dernières années, si je n'ai pas lâché, c'est grâce à elles. D'autres personnes de mon entourage m'ont beaucoup aidée. Mais c'est elles qui étaient avec moi au quotidien, qui m'écoutaient pleurer si j'en avais besoin. Quand on a l'impression que tout s'écroule dans sa vie, on réalise que, tant que la famille et les amis sont là, tout finira par s'arranger.

C'est important de bien s'entourer. J'ai eu le temps d'en faire l'expérience et de bien potasser le sujet. Quand on remet tout en question, qu'on a l'impression d'avoir le cœur arraché et qu'il ne reste plus qu'un gros vide dans notre ventre, on se demande fortement à quoi sert la vie. Je ne vais pas m'étendre sur le sujet, ça risque d'être long et compliqué. Une chose est sûre cependant : quand on croit ne plus rien avoir, mais qu'on a ses amis, alors on a le plus important. Leur présence nous paraît parfois tellement acquise qu'on ne réalise plus à quel point elle nous est nécessaire. Alors, à tous mes amis insaliens, merci, vous êtes incroyables.

Reprenons le fil de l'histoire, en fin d'année 2020, quand arrive le second confinement. Fini les rencontres, la nouvelle vie, après deux mois à Lyon, hop, retour à la maison.

Le revers de la médaille

Les cours à l'INSA étaient difficiles, mais je m'en sortais bien, du moins sur le papier. J'avais à nouveau des périodes d'anxiété où ça n'allait plus du tout.

J'avais essayé de maintenir les restrictions alimentaires et j'avais explosé. C'est là que mes premières crises de boulimie ont commencé. Mais je refusais totalement de les nommer ainsi. J'avais bien trop honte.

Être plus souvent seule, sans personne pour me surveiller, a permis à mon corps de se rebeller. Chez mes parents, j'avais été trop occupée à réfléchir à ce qu'ils allaient essayer de me faire manger et aux excuses que je pourrais trouver pour refuser. J'avais tellement peur qu'on me force à manger que je ne ressentais plus du tout la faim. Mais lorsque je me suis retrouvée seule, ce stratagème psychologique s'est effondré. Il ne restait qu'un corps avec un IMC[5] de 16 qui hurle de faim.

Quand vous souffrez d'anorexie, il est fréquent de connaître le revers de la médaille quelques années plus tard. Votre contrôle assidu se transforme en lâcher-prise incontrôlable. Vous devenez une sorte d'animal affamé et vos proies sont les paquets de gâteaux ou de chocolat, ou tout ce qui vous tombe sous la main. Votre corps passe en mode « survie automatique », votre cerveau ne fait que constater les dégâts. Un peu comme lorsque vous êtes ivre et que vous ne savez plus trop ce que vous racontez.

La boulimie apparaît généralement quand une restriction trop forte a été exercée pendant trop longtemps. Le corps dit stop. La tête cède. Puis quand elle reprend le contrôle, arrive la culpabilité. Vous vous rendez compte de tout ce que vous venez d'ingurgiter. Vous commencez à avoir très peur. Peur de grossir, peur du regard des autres. Vous vous en voulez beaucoup. Votre ventre vous fait d'autant plus souffrir que vous ne pensez qu'à ça. Vous ne comprenez plus rien : vous qui contrôliez tout, c'est le chaos complet. Il y a alors deux possibilités : vous faire vomir, prendre des laxatifs ou tout autre

5. L'indice de masse corporelle est un calcul qui permet d'estimer la corpulence d'une personne à partir de sa taille et de sa masse corporelle.

comportement compensatoire comme le sport à outrance. On dit alors que vous avez fait une « crise de boulimie ». Ou bien vous ne faites rien et, dans ce cas, cela s'appelle une « crise d'hyperphagie ».

Quoi qu'il en soit, les crises avaient déjà pris forme avant l'INSA, pendant le premier confinement. Il m'arrivait d'engloutir une tablette de chocolat le matin, puis presque plus rien de la journée. Pour moi, c'était positif, ça voulait dire que je m'autorisais de nouveau à me faire plaisir après m'être privée pendant trois ans. Je me persuadais que c'était normal. En réalité, je mettais en place un comportement compensatoire pour ne pas prendre de poids. Mais à Lyon, loin de mes habitudes confortables, je n'arrivais pas à tenir le jeûne après une crise. C'est comme ça que j'ai découvert la purge. Au début, je n'arrivais pas du tout à vomir. Puis c'est venu de plus en plus facilement. Trop facilement.

J'ai voulu mettre un terme à tout ça en rentrant chez mes parents lors du reconfinement, à l'automne 2020. Mais j'avais totalement perdu le contrôle de la situation. Les troubles du comportement alimentaire, ça n'est pas une question de volonté. C'est une maladie. Si on admet le problème et qu'on décide de guérir, ça ne se fait pas du jour au lendemain. Imaginer le contraire, c'est se condamner à une avalanche de culpabilité. Mes parents voyaient bien que je ne mangeais pas normalement. Quand je dis qu'ils ont dû composer avec l'adage « qui m'aime me suive », ce n'était pas des mots en l'air ! Eux qui ne connaissaient rien aux TCA voyaient leur fille toute maigre sauter des repas et ensuite se cacher pour manger. Ils essayaient d'en parler avec moi, mais impossible de leur expliquer. Je n'y comprenais rien moi-même. Ma mère a commencé à effectuer des recherches sur l'anorexie. Autant vous dire que ça ne l'a pas rassurée. Réaliser que votre fille risque de mourir, il y a meilleure nouvelle pour un parent. Surtout quand le remède proposé est une technique d'hypnose ou une thérapie de plusieurs années, impliquant que le patient reconnaisse sa maladie. Malheureusement, j'étais incapable de me sortir de là et leur inquiétude ne m'aidait pas du tout, je culpabilisais d'autant plus d'avoir si peu de contrôle sur moi-même. Combien de fois me suis-je dit que j'allais arrêter mon cirque pour eux ? Que j'allais faire les efforts nécessaires pour ne plus les torturer ? Ma sœur, dont j'étais très proche, souffrait elle aussi de la situation. Mon départ à Lyon avait été difficile pour nous, et les retrouvailles n'étaient pas aussi joyeuses qu'espérées.

J'avais bien trop honte pour admettre que j'étais devenue boulimique, mais je prenais conscience que j'avais un problème et qu'il me fallait de l'aide. Mes crises me vidaient de toute mon énergie et mon système digestif commençait à se détraquer. Deux jours avant Noël, mon ventre gonflé me faisait tellement souffrir que mon père m'a emmenée aux urgences. C'est là que j'ai commencé à reconnaître que j'étais anorexique, à en parler. Pendant ces vacances, il m'a aidée à mettre en place un rééquilibrage alimentaire. J'avais l'impression d'aller mieux.

Début 2021, nous avons finalement été autorisés à revenir à Lyon pour suivre nos cours à l'INSA et non pas derrière un écran. Il ne fallait pas non plus trop en demander : nous alternions par demi-groupe entre le présentiel et le distanciel. De bons souvenirs qui vous sont peut-être familiers !

À Lyon, j'ai continué de manger varié et de prendre le temps pour cuisiner mes repas. Mais plus je reprenais le contrôle, plus j'augmentais les restrictions. Je n'avais plus aucune difficulté à dire que j'étais anorexique si le sujet était abordé, mais je me privais toujours. J'étais maigre et je me sentais bien, j'étais heureuse d'avoir mis les crises derrière moi.

J'étais descendu à 44 kilos. C'est là qu'ont eu lieu les premières blessures. Quand je rentrais chez mes parents le week-end, Thierry me regardait avec un air de chien battu. Il s'inquiétait beaucoup. Bernard a également tenté d'aborder le sujet avec moi, toujours avec des pincettes pour ne pas me brusquer. Je continuais à prétendre que j'étais sur le bon chemin, maintenant que j'avais reconnu le problème. Je ne voulais pas envisager le suivi thérapeutique, j'étais convaincue que mon entourage me suffisait. Bien sûr, la famille et les amis sont importants, mais ils ne sont pas psychologues. Ce n'est ni leur rôle, ni dans leurs compétences.

Fin janvier 2021, alors même que je cours moins pour retrouver un peu d'énergie, je fais une première tendinite. Contrainte d'arrêter de courir pendant trois semaines, je passe des heures sur le wattbike à la salle de sport pour compenser ces calories non dépensées. Je retourne aussi à la piscine, mais c'est une véritable torture car je suis frigorifiée en permanence. Quand le poids descend trop bas, la sensation de froid devient habituelle. En maillot de bain, avant même d'entrer dans l'eau, on grelotte. Dans l'eau, j'ai si froid que j'ai envie d'enfiler une immense combinaison en fourrure tellement je sens mon corps se congeler. Parfois, je tiens seulement vingt minutes dans le bassin, avant de rester trente minutes sous la douche brûlante pour tenter de me réchauffer. La prochaine fois que vous voyez une mannequin ultra fine dans un magazine, au lieu de lui envier son régime minceur, demandez-vous si elle peut avoir une vie normale avec ce poids-là.

Lorsque je peux reprendre la course, mes sensations laissent à désirer. Je n'ai plus aucune puissance musculaire, plus aucune énergie. Je ne tarde pas à me faire une deuxième tendinite : lors d'un footing, mon genou me fait soudain mal. Puis, comme le muscle a refroidi, la douleur a empiré. J'appelle mon père en pleurs. Mon grand-père, chirurgien à la retraite, se trouve par hasard avec lui. Ils me demandent de prendre des photos de la zone douloureuse. Sur l'écran, je réalise que mon genou est si maigre que les os ressortent en dents de scie. J'ai du mal à croire que c'est à moi. Je frissonne. Pour la première fois, je suis effrayée par ma maigreur. Le regard que je pose sur mon corps n'est plus le même. Jusque-là, plus j'étais maigre, mieux je me sentais. Je savais que beaucoup de gens ne trouvaient pas ça beau, mais je n'en avais rien à faire. Pour moi, c'était comme les goûts et les couleurs : à chacun sa morphologie favorite. Je m'appréciais mince et n'avais pas besoin de l'approbation des autres. Pourquoi ? Je n'en ai encore aujourd'hui aucune idée. Simplement, la maigreur me fascinait. Elle me donnait l'impression d'exister sans prendre de place, sans trop attirer l'attention. De rester la petite fille timide et discrète. Je ne m'étais jamais trouvée « trop maigre », même si je savais que mon entourage le pensait. Mais là, sur cette photo, ce que je vois me fais peur. Je trouve mon genou affreux. Je me dis : « Pas étonnant que j'aie mal… Il ne doit pas lui en falloir beaucoup à ce pauvre genou pour se casser. »

Je rappelle ensuite mon père et mon grand-père en visio pour leur montrer l'endroit exact qui me fait mal. Mon père a un regard affolé lorsque je mets la caméra sur ma jambe. Ses yeux disent : « Mon Dieu, mais c'est bien le corps de ma fille de 18 ans, ça ? Mais comment en est-on arrivé là ? » Mon grand-père, dans son rôle de médecin, dit le plus simplement du monde : « D'après ce que tu décris, c'est l'essuie-glace. Comme il n'y a plus assez de graisse entre ton tendon et ton os, ça frotte et ça fait mal. »

Ses mots ont été le premier déclic vers la guérison. Je ne l'ai pas précisé, mais les TCA, c'est un peu comme les confinements. Ça va, ça vient. On peut être au fond du trou plusieurs mois, puis aller mieux, et rechuter. Ce sont souvent les montagnes russes. Tant que le problème de fond n'est pas réglé et que l'on n'a pas fait la paix avec nous-même, c'est un cercle sans fin.

On m'a mis quelques jours sous anti-inflammatoires, puis quelques jours supplémentaires sans courir. J'ai commencé à manger un peu plus, convaincue que cela allait me guérir. J'ai repris la course, alors que j'avais encore un peu mal, mais mon corps a bien suivi. Je pense que l'apport énergétique apporté par le léger surplus calorique m'a permis de m'y remettre assez rapidement. J'avais vraiment la sensation qu'en mangeant, mon genou se relaxait, comme si mes muscles étaient rassurés de ne plus être en privation.

À la fin de ma première année d'INSA, j'ai donc repris plusieurs kilos. J'étais toujours en sous-poids, mais j'avais retrouvé beaucoup d'énergie. Les compétitions, annulées la majorité de l'année à cause du COVID, reprenaient. J'ai de fait battu mon record sur 10 kilomètres en 36 minutes lors d'un meeting national. Pour moi, j'étais tirée d'affaire.

Pendant l'été, j'ai fait un stage ouvrier à Pau. Je passais mes week-ends à faire du trail dans les Pyrénées avec des amis. La montagne m'a toujours apaisée. Quand on contemple la nature, on réalise à quel point nos problèmes sont petits en comparaison.

Là-bas, je préparais les championnats de France de 10 kilomètres, qui auraient lieu exceptionnellement début septembre. Je savais que je pouvais faire une bonne performance. Deux ans que je les attendais, deux ans qu'ils étaient reportés !

Ce mois à Pau s'est bien passé. J'avais presque atteint les 50 kilos et cela ne me plaisait pas du tout, mais je continuais de bien manger. J'étais toujours dans ma période de « haut ».

Puis je suis partie en vacances chez mes grands-parents. J'ai recommencé à vomir de temps à autre. Soit je mangeais très peu (ou du moins en quantité « acceptable » pour moi), soit mon repas finissait aux toilettes. Les choses ne se sont pas améliorées les semaines suivantes. Si je mangeais un gâteau, je le vomissais. Je pense qu'inconsciemment, je me mettais la pression pour arriver la plus affûtée possible aux championnats de France.

En Corse, avec mes parents, j'ai fait mes meilleures séances de course à pied. Je suivais le plan d'entraînement de Bernard, et il y avait de quoi faire ! J'ai des souvenirs très mitigés de cette période. Je me souviens de séances incroyables, de mon père qui m'emmenait en voiture et restait pour m'arroser et m'encourager. De la sensation de voler. Mais je me rappelle aussi les soirs à sangloter en cachette près des toilettes, car j'avais encore manqué mon objectif de ne plus vomir. Je m'en voulais énormément d'infliger ça à mon corps, qui me donnait tant en retour. Mais une partie de ma tête était convaincue que, si je ne le faisais pas, j'allais prendre du poids et dire adieu à mes bonnes sensations.

Cinq jours avant les championnats, j'ai explosé en pleurs dans le canapé de mes parents. J'avais avalé la moitié d'un pot de miel et je n'arrivais pas à le vomir. Je leur ai alors avoué toutes les purges de l'été. Ça m'a libérée d'un poids énorme. Mon père m'a de nouveau proposé de m'aider à reprendre les choses en main. Grâce à lui, j'ai pu maîtriser tous mes repas jusqu'à la compétition. Que j'ai remportée.

Le soir, après la victoire, mon père m'a dit : « Tu vois, quand tu prends soin de lui, ton corps te le rend bien. Il est capable de faire des choses incroyables. » Je me suis promis de m'en souvenir. En vain.

Mes résultats sportifs et scolaires étaient très bons au début de ma deuxième année d'INSA, mais j'ai sombré dans la dépression. Je ne mangeais que du riz aux légumes et des flocons d'avoine, jusqu'à ce que mon estomac ne puisse plus rien contenir et que j'aille tout vomir. J'avais une terrible sensation de vide émotionnel que je cherchais à combler. J'ai essayé de travailler avec une psychologue du sport que j'avais rencontrée en stage, mais elle m'a laissé tomber au bout de deux séances pour raisons personnelles. À la fin de notre dernière séance, elle m'avait dit : « Je te laisse avec un grand vide aujourd'hui, Clara. Mais on verra la prochaine fois d'où il vient et comment l'appréhender. »

Aux vacances de Noël, on peut dire que j'ai touché le fond. Je pleurais tout le temps. Ma famille était désespérée. Bernard aussi, même s'il ne voulait pas me le montrer. Heureusement, il a toujours fait passer ma santé avant tout. Quand je lui disais que je ne me sentais pas bien, il ne posait pas de questions et revenait prendre de mes nouvelles quelques jours plus tard.

À la rentrée de janvier, fini le riz aux légumes. J'en avais assez de me punir tout le temps. Les crises de boulimie ont repris de plus belle, et dans des proportions stratosphériques. Dès que j'avais du temps, je mangeais toutes les cochonneries possibles pour les vomir ensuite. Ce n'était plus une perte de contrôle : je planifiais mes crises. Le lâcher-prise m'a fait du bien une semaine. Puis j'ai voulu arrêter. Et, quelle surprise !, je n'ai pas pu.

L'anorexie

Dans ma tête, j'ai une petite voix
Elle est venue me parler une fois
Sans trop m'expliquer pourquoi
Me demander de perdre du poids.

Puis de plus en plus souvent
Elle revenait me parler gentiment
Bien loin d'être menaçante
J'ignorais qu'elle était gagnante.

Docilement, je la laissais faire,
Je mettais de côté les besoins de mon corps.
La faim je cherchais à taire
Pour maigrir encore et encore.

Un jour, je lui ai désobéi,
De sucre j'avais de nouveau envie.
C'est là qu'elle se transforma
Et je réalisais que je ne la contrôlais pas.

Elle mit tout en œuvre pour me punir,
Le plaisir elle m'interdit de ressentir,
Des angoisses au moindre désir
Mais la culpabilité restait le pire.

Et elle ne m'expliquait toujours pas
Pourquoi elle voulait que je fasse tout ça.
Quitte à mettre mon corps en miettes
Elle gardait le contrôle de ma tête.

Je lui ai dit qu'elle devait partir.
J'ai beaucoup pleuré, beaucoup douté.
Je sentais bien que je devais agir
Avant de mettre en péril ma santé.

Mais elle n'a pas voulu s'en aller,
Aujourd'hui, j'ai fini par l'accepter.
J'essaie de la comprendre pour l'apaiser,
Et parfois nous arrivons à cohabiter.

La bascule

Remettons un peu d'action et d'événements dans cette spirale des TCA. Nous sommes aux vacances de février 2022. Ma sœur doit partir en stage de natation au Portugal à 6 heures du matin. Première anecdote, elle coince sa carte d'identité dans son pass sanitaire et la cherche pendant vingt minutes, affolée. Son entraîneur appelle mes parents, qui font l'aller-retour en catastrophe à l'aéroport pour lui apporter son passeport. Entre-temps, elle a retrouvé la fameuse carte d'identité, juste avant d'embarquer ! C'est donc dans une drôle d'ambiance que nous sommes partis vers les montagnes, mes parents et moi, à 7 heures du matin.

La veille, j'ai fait une crise et j'ai sauté le petit déjeuner. Nous avons prévu de manger en arrivant à la montagne et d'enchaîner avec le ski. J'ai très faim, je mange beaucoup trop vite. Au moment où mes parents veulent monter sur les pistes, je tente désespérément une purge aux toilettes. Impossible. En skiant, je ne pense qu'à mon ventre qui gonfle et me fait souffrir. Les files d'attente aux remontées mécaniques sont intenables, les pistes m'importent peu. Je fonce sans réfléchir. Vous commencez à voir venir la suite ?

Je me débrouille bien en ski, j'ai fait de l'entraînement en slalom plus jeune. Mes parents m'ont aussi beaucoup emmenée en hors-piste. J'ai toujours été prudente, je n'aime pas sortir de ma zone de confort. Mais ce jour-là, c'est le flou total.

Je finis le hors-piste du mont Joly, pour les connaisseurs, avant de rejoindre la piste juste sous le télésiège. Les personnes au-dessus ont eu un sacré spectacle. Je ne vois pas que des bosses se sont formées et j'arrive dessus à toute allure, avec un angle d'approche très mal calculé. Je décolle de travers, un de mes genoux n'apprécie pas trop la figure. J'essaie de me rééquilibrer en plein vol pour assurer ma réception. Mais j'atterris sur une autre bosse, toujours de travers, et c'est mon deuxième genou qui encaisse l'impact. J'ai accumulé tellement de vitesse que je ne réussis toujours pas à freiner. C'est la première fois que je perds à ce point le contrôle. De nouveau, je m'envole. Je bascule vers l'avant, mes spatules de skis se plantent dans la neige, et je termine ce bel enchaînement de figures en position autruche. Comme je l'ai mentionné, j'ai fait plusieurs années de slalom. Les fixations doivent être bien serrées pour ce type de descente, sinon on déchausse souvent sans tomber, ce qui est vite énervant. Bien sûr, je n'ai pas pensé à les desserrer pour déchausser facilement. En passant par-dessus mes skis, je reste totalement solidaire avec eux, et je sens un grand crac dans mes deux genoux. Je me souviens m'être dit : « Tiens, ce sont peut-être les fameux ligaments croisés que tout le monde se fait au ski, ça ? » Je reste quelques secondes dans la neige, avant de hurler de douleur. À vrai dire, mon hurlement ressemble plus à un barrissement d'éléphant qu'autre chose. Je ne me suis jamais entendue crier de la sorte.

Mon père vient me libérer de ma pose originale en déchaussant mes skis. Il me demande où j'ai mal, mais c'est compliqué de lui répondre. Mes genoux ne me font plus souffrir, mais j'ai l'impression qu'il n'y a plus rien dessous. Mes mollets et mes tibias semblent avoir été hachés au couteau. Peut-être ai-je vraiment démarré une transformation en autruche.

J'essaie de reprendre mes esprits quelques minutes, assise dans la neige. Nous sommes très proches du départ du télésiège. Si j'arrive à rechausser, une petite descente et nous y sommes. Ma mère m'explique qu'ensuite, en haut du télésiège, les pisteurs me redescendront en bas de la station beaucoup plus facilement puisqu'ils n'auront qu'à descendre des pistes. Notre localisation n'est vraiment pas facile d'accès.

Jusqu'alors, je n'avais jamais eu de gros accident. Ni beaucoup de respect pour mon corps que j'exploitais sans scrupules depuis plusieurs années. Je me dis : « OK, rechausser et aller jusqu'au télésiège, je peux au moins faire ça. Ça fait mal, mais on va serrer les dents, et puis voilà ! Ça ne peut pas être pire que mon dernier cross où j'avais l'impression de mourir pendant 9 kilomètres. » Sauf que je ne parviens pas à me relever. Mes parents me remettent debout et me tiennent chacun d'un côté. Je suis littéralement suspendue à leurs bras. Je réussis à chausser le premier ski. Au deuxième, je reprends mes barrissements d'éléphant. Je n'ai jamais senti une telle douleur. Mon père dit : « Bon, on arrête les conneries, on appelle les secours. »

Il me fait me rassoir et j'essaie de me rassurer, il n'y aura peut-être pas besoin de l'hélicoptère ? Ma mère est partie prévenir les pisteurs. Un hélicoptère passe juste au-dessus de nos têtes. Je pleure de plus belle, je suis terrorisée à l'idée qu'il puisse être là pour moi. Je sais que nous n'avons pas pris d'assurance et n'ose pas imaginer combien mes bêtises vont coûter.

Finalement, un pisteur avec une barquette arrive. Il me pose quelques questions avant de m'attacher sur son traîneau. J'avoue que j'ai eu du mal à profiter du paysage, même s'il est vrai que les montagnes sont belles aussi quand elles défilent à l'envers.

Je suis confiée successivement à plusieurs pisteurs. Je ne comprends pas trop comment ils réussissent à me descendre jusqu'en bas, mais ils sont bien organisés. À chaque changement, on me demande comment je m'appelle et ce qui m'est arrivé. J'ai une toute petite voix et c'est un effort immense de parler. Je suis déjà vidée de toutes mes forces depuis plusieurs mois par mes crises, alors là, autant vous dire qu'il ne me reste vraiment plus rien. Chaque pisteur s'inquiète : « Mais tu es sûre que tu n'es pas tombée sur la tête ou le dos, hein ? Tu es vraiment, vraiment très blanche. »

Après examens et radios au centre médical, le médecin m'affirme que j'ai eu de la chance et que rien n'est cassé. Diagnostic : contusions osseuses, 48 heures de repos. Je marche en pingouin et, pour aller aux toilettes, je me suspends sur les deux bras faute de pouvoir plier les genoux. Sacrées contusions osseuses !

Le lendemain, je tente une toute petite sortie avec mes parents pour leur apprendre l'art de la marche pingouin. Nous faisons un kilomètre en quarante minutes. Je me rappelle qu'une colonie de vacances avec des enfants de 6 ans nous a doublés, les petits me semblaient aller à une allure folle. Ils nous ont distancés en moins d'une minute.

Trois jours plus tard, je refais un footing. Mes genoux ont déjà bien dégonflé, donc je ne comprends pas pourquoi je ne parviens pas à dépasser les 10 kilomètres/heure.

Trois semaines plus tard, comme les sensations bizarres traînent, mon oncle chirurgien nous conseille de faire une IRM de contrôle. Comme on ne peut examiner qu'un genou par jour (des histoires de remboursement de Sécurité sociale), on choisit le genou qui est encore un peu gonflé. Le premier rendez-vous possible se situe près de chez mes parents, de nuit. Je dois donc rentrer en région parisienne le vendredi, faire l'IRM à minuit et passer le week-end chez mes parents. Bien sûr, c'est le jour qu'ont choisi les tramways pour tomber en panne. Afin de ne pas rater mon train, je cours les 4 kilomètres pour aller à la gare en traînant ma valise derrière moi. J'ai mon train juste à temps. Ma mère m'envoie un message : « Drôle de reprise 😉 c'est bon signe. » On hésite même à annuler l'IRM, mais nous gardons le rendez-vous, pensant que nous aurons la confirmation que tout va bien.

Le lendemain matin, j'ouvre les résultats sur la plateforme en ligne avec les codes qui nous ont été donnés. Je lis : épanchement, contusions, blablabla, et… rupture transfixiante du LCA. Je regarde la définition de transfixiante. Google est clair : ça veut dire « complète ». Mon cerveau s'emballe. J'ai un ligament cassé ? Pourtant mon grand-père a refait les examens cliniques, il m'a assuré que mes ligaments sont intacts. Je l'appelle en panique. Il me dit de ne pas m'inquiéter, que les radiologues commettent parfois des erreurs. Je lui envoie les images. Deux heures plus tard, il arrive chez moi avec ma grand-mère pour m'annoncer qu'effectivement, mon ligament est rompu. Je commence à voir flou. J'ai une vague idée de ce qui doit suivre : je vais devoir me faire opérer et je pourrai dire adieu à la course pendant longtemps. Pour moi, j'ai reçu ma punition de toutes ces années de mépris envers mon corps.

Mon grand-père est dans son rôle de médecin, non de grand-père. Je n'ose pas imaginer tout ce qu'il a vu passer lors de sa carrière, mais des ligaments croisés, il en a opéré des tonnes. Pour lui, c'est presque une « petite blessure ». Évidemment, quand on est confronté à la mort tous les jours, les sportifs malheureux qui doivent faire une petite pause restent des chanceux. Il m'explique donc tranquillement que je ne suis pas obligée de me faire opérer, simplement, dans ce cas, je ne devrai plus faire de ski, de trail ou aucun autre sport qui implique des rotations sur les genoux. Ma grand-mère me dit de ne pas être triste.

À ce moment-là, j'ai commencé à crier. Le résumé de ma journée est très rapide : je n'ai fait que ça et des révisions de mathématiques. Un exercice d'annales, et hop, on se souvient qu'on a un croisé cassé, on crie et pleure jusqu'à ne plus avoir de souffle, et hop, un autre exercice. Méthode évacuation des émotions spéciale Clara, tuto bientôt disponible sur YouTube. (Je tiens tout de même à préciser que j'ai majoré ce fameux DS de maths.)

Deux petits conseils que j'ai appris lors de cette expérience. Le premier : si vous avez un doute pour votre ligament et qu'on vous dit qu'il n'est pas cassé parce que le test clinique du tiroir est OK, n'en croyez pas un mot. Le genou gonfle et il suffit d'avoir un bon quadriceps pour que ce test ne vaille absolument rien. Les centres de radiologie sont des lieux charmants, on y rencontre des radiologues plein d'humour et on repart avec de belles images de ses genoux. On peut même faire un peu de méditation sous la machine d'IRM. Que du positif et un diagnostic fiable. Ça vous évitera des montagnes russes émotionnelles.

Le deuxième : lorsqu'on vous apprend une mauvaise nouvelle, acceptez d'être triste. Cette phrase de ma grand-mère, « ne sois pas triste », elle n'a aucun sens. Quand on cherche à bloquer ses émotions, elles implosent plus tard et nous rendent bien plus malheureux que si on les avait laissées couler sur le moment. Avant les croisés, j'étais plutôt du genre à tout garder pour moi et à craquer sans aucune raison. Les TCA sont la manifestation, sous forme d'implosion, de ce qui n'a pas pu s'exprimer les années précédentes. Le problème avec ce fonctionnement, c'est que pour remonter aux causes du mal-être, il faut une sacrée mémoire et un instinct de devin. Alors que si vous explosez directement, au moins, vous savez pourquoi. Ce n'est pas une recette miracle puisque, bien sûr, on souffre tout autant. Votre entourage est démuni. En exprimant votre tristesse en pleurant, criant, boudant, ce que vous voulez, c'est difficile pour vous et ça l'est souvent encore plus pour vos proches. Mon père m'a répété cette phrase : « J'aimerais prendre ta douleur pour t'en débarrasser. » Merci Papa, mais c'est impossible, et moi aussi je t'aime, donc je vais évacuer ma douleur toute seule. Lorsqu'on est débordé par les émotions, c'est bien de laisser faire le corps et le chagrin quelques jours. J'ai lu dans un livre sur le sujet[6] que pour être capable de ressentir pleinement la joie, il faut être capable d'être triste également. Il faut prendre le temps de nous demander ce qu'il se

6. Anselem Bernard, *Ces émotions qui nous dirigent*, Alpen, 2021.

passe dans notre tête, notre cœur, notre ventre. À trop vouloir écraser nos émotions, on finit par ne plus rien éprouver du tout. Et ça serait dommage de se priver de cette euphorie du cœur lorsqu'on passe un bon moment.

Je ne dis pas qu'il faut s'enfermer dans son chagrin. Simplement, c'est important de s'accorder quelques jours pour être triste et mieux repartir ensuite. Les émotions, par définition, sont passagères. Quand un événement difficile arrive, il va bien sûr nous marquer plus que quelques minutes. On risque d'être malheureux des semaines, des mois, voire des années. Mais nos émotions vont changer. On ne ressentira pas la même chose le premier jour ni le lendemain, ni même la semaine suivante. Le cerveau s'adapte en permanence. Il est tout à fait possible que notre vision des choses change complètement en cours de route. Que l'avenir soit bien meilleur que ce que nous imaginons à l'instant T. Généralement, ce qui fait le plus mal, c'est la manière dont nous anticipons le futur, privés de ce que nous venons de perdre, et non pas notre ressenti à l'instant présent. Il faut essayer de garder en tête que c'est normal de souffrir, et rester concentré sur « ici et maintenant », en se répétant que nos émotions sont fluctuantes. Une fois la première phase d'acceptation passée, on peut commencer à travailler sur soi-même, s'ouvrir aux autres, essayer de nouvelles activités, etc. Bref, se changer les idées. Mais à son rythme, petit à petit, sans chercher à enfouir sa tristesse sous un milliard d'occupations.

Pour calmer les crises d'angoisse et les émotions trop envahissantes, il existe beaucoup de techniques de yoga et de respiration. Les petits calmants à base de plantes dans les pharmacies m'ont aussi aidée à me relaxer.

En résumé, n'ayez pas peur d'être un enfer pour votre entourage pendant quelques jours, vos proches comprendront. Cela les rassurera davantage que vous vous exprimiez que de vous voir serrer les dents en affirmant que tout va bien. On ne peut pas duper un parent ou un meilleur ami. Et surtout, on ne peut pas se duper soi-même.

C'est l'occasion pour moi de remercier tous ceux qui ont supporté mes états d'âme ces deux dernières années. Je pense qu'ils se reconnaîtront, les pauvres, ils ont dû avoir un petit rire nerveux en lisant ce tuto émotions. Je tiens tout de même à préciser qu'il fonctionne un peu, puisqu'après avoir pleuré tout le samedi, j'ai passé un dimanche ma foi très correct.

Quelques semaines plus tard, j'ai rendez-vous chez un chirurgien spécialiste afin d'avoir ses conseils vis-à-vis de l'opération. C'est plutôt clair puisqu'il a conclu : « Si on ne t'opère pas toi, on n'opère personne. » Lors du rendez-vous, je lui parle de mon autre genou. À première vue, tout va bien, mais il a souffert tout autant que l'autre pendant ma chute. Depuis mon IRM, je suis donc un peu inquiète de m'être fait les deux croisés. Je ne vois pas pourquoi le deuxième genou aurait mieux tenu que le premier. Surtout qu'on m'a beaucoup demandé s'ils se sont déjà dérobés pour déterminer si les ligaments sont cassés. Dans le lexique de médecine-du-genou, on dit que le genou se dérobe quand vous perdez l'équilibre sans raison. Or, le souvenir d'une chute lors d'une partie de Just Dance, quelques jours après mon accident, me tracasse un peu. Jusqu'à ma première IRM, je pense juste avoir glissé, mais je n'en suis plus si sûre. J'ai ressenti une sensation très étrange dans mon genou supposé sain et je me demande si je ne suis pas tombée à cause de lui.

Mon oncle chirurgien et mon grand-père n'ont jamais eu à soigner des ligaments rompus dans les deux genoux en même temps. Le ligament se rompt quand il y a une rotation forcée trop importante : le genou « part » d'un côté. Il semble donc logique que les jambes ne puissent pas partir des deux côtés en même temps. Au téléphone, ma mère avait répondu à mon oncle : « Oui, mais n'oublie pas qu'elle n'est pas tout à fait normale, quand même ! » Il avait ri et rétorqué : « Mais là, quand même, elle serait vraiment forte de se faire deux LCA d'un coup ! Non, non, je ne pense pas. » Conclusion : je suis vraiment forte.

Le chirurgien m'envoie directement à l'IRM. Le radiologue, à qui il a expliqué la situation, me dit : « Je suis désolé... Il n'est pas entièrement cassé, mais il n'y a que ça, hein ! Tout le reste va bien. Mais effectivement, c'est cassé. »

Deuxième journée de pleurs donc, à Lyon cette fois. Je pourrais aussi bien rentrer directement dans ma chambre sur le campus, mais ça ne me dit rien. Je vais donc assister à ma dernière demi-heure de physique (comme l'IRM n'était pas prévue initialement, j'aurais dû pouvoir suivre ce cours). Une fois les autres élèves partis, j'explique la raison de mon retard et de mon visage tout rouge à mon professeur. Je le préviens que je risque d'être absente plusieurs semaines à cause de l'opération. Il me répond (comme tous mes professeurs à qui j'ai expliqué la situation) que la santé passe avant tout. L'INSA et mon directeur de filière SHN m'ont énormément aidée à traverser cette période. Encore une fois (parce que j'aime bien les petits dictons philosophiques), « seule, on ne va pas très loin ».

Tomas

Dans toute cette aventure, deux bonnes choses me sont tout de même arrivées. La première, c'est que la carte club du Vieux Campeur, que ma mère avait achetée quelques mois plus tôt, comprenait une assurance en montagne. Le Vieux Campeur nous a donc remboursé le petit tour de montagne en barquette et l'ambulance.

La deuxième est encore mieux. Qu'est-ce qui peut être mieux que récupérer 1200 euros ? La rencontre de Tomas, kinésithérapeute et spécialiste dans l'art de redonner le sourire à ses patients.

Lorsque j'ai appris la rupture de mon premier croisé, mon oncle m'a conseillé de faire de la kiné. Les mois précédents l'opération, il faut essayer de consolider les quadriceps pour que la rééducation post-opération soit plus facile. Mon entraîneur Bernard m'a alors confiée à Tomas.

J'étais gênée d'être en retard dès la première séance (je m'étais un peu perdue en venant… je suis aussi très douée pour me perdre). Tomas m'a dit : « Tu as l'air toute timide, Clara, on va essayer de changer ça. » Je suis toujours timide, mais Tomas m'a aidée à beaucoup évoluer.

Tomas a réussi à me faire rire en moins de dix minutes. Je crois qu'il ne réalise pas vraiment l'impact psychologique qu'il a sur ses patients. Depuis mars 2022, je me rends au cabinet deux fois par semaine. Pas uniquement pour les exercices et les massages, surtout pour la bonne humeur qui y règne. On sourit, on rit, on oublie ce qui ne va pas. Si vous avez l'impression que vous ne pouvez plus rien faire avec votre corps, rendez-vous là-bas. On trouvera forcément de quoi vous occuper.

Tomas a inventé pour moi des exercices plus bizarres les uns que les autres. J'ai couru suspendue en l'air, les genoux en équilibre sur un ballon ou encore sur une énorme couche de tapis avec une ceinture pour me retenir. J'ai sauté dans tous les sens pour buzzer sur des lumières. J'ai fait la chaise en me dandinant sur une musique. J'ai dû guider le skieur d'un jeu de tablette, positionnée entre mes pieds sur un bosu[7], tout en gardant l'équi-

7. Demi-ballon gonflable qui sert à travailler l'équilibre lors d'une rééducation ou d'un entraînement des jambes.

libre. Bref, j'étais sûre de ne jamais m'ennuyer.

Quand je me suis décidée à écrire ce livre, il m'a semblé évident que je devais faire un chapitre « Tomas ». À chacune de mes nouvelles mésaventures, il trouvait un moyen de me faire dédramatiser. Il disait qu'au moins je pourrais écrire un livre. Il me taquinait : « Ton livre s'épaissit. » Je repartais toujours le cœur plus léger. S'il fallait le décrire en un mot, je choisirais joie-de-vivre (bon, c'est en trois mots, mais c'est tout comme).

Grâce à lui, j'ai appris de nouveau à voir le verre à moitié plein. À accepter les petits aléas de la vie, à essayer d'en rire plutôt que d'en pleurer. Il m'a fait réaliser que les soucis de sportif de haut niveau, ça reste du luxe. Là où il a été très fort, c'est qu'il n'a jamais minimisé mes tracas. Il arrive à comprendre, rassurer et tirer le positif de la situation. Puis, discrètement, il remet les choses en perspective pour relativiser. Pas besoin de longs discours, les quelques mots qu'il faut quand il faut et le cerveau fait son petit bout de chemin.

S'il y a bien une chose avec laquelle j'ai du mal, c'est l'imprévu. Avec l'anorexie, je me suis habituée à tout prévoir, tout calculer à l'avance. Alors, quand j'ai appris que je devais attendre deux mois pour me faire opérer, puis quatre mois pour reprendre la course, je n'ai pas accueilli de gaîté de cœur ce changement de programme. Même chose avec les blessures qui ont suivi : quand la vie décide de vous donner du fil à retordre, elle ne le fait pas à moitié. Tout dépend ensuite de la manière dont vous prenez les choses. Soit vous vous adaptez petit à petit et finalement, la vie redevient presque sympa ; soit vous continuez de désespérer parce que votre plan initial a été réduit à néant. Tomas fait en sorte de toujours vous mettre sur la voie numéro un.

Le problème avec lui, c'est qu'on s'habitue un peu trop facilement à l'avoir comme béquille. Il est toujours disponible pour aider et ses conseils sont précieux. C'est difficile de ne pas l'appeler au moindre bobo. Mais, comme on dit, qui veut aller loin ménage sa monture. Alors, j'essaie de faire aussi un peu confiance à mon corps, de garder Tomas pour les gros bobos. Les béquilles, c'est bien, mais un jour, il faut essayer de marcher sur ses deux pieds.

Le début du combat

Lorsque j'ai appris pour ma rupture des ligaments, j'ai eu l'impression qu'on m'arrachait les tripes. Cette expression est un peu tragique et l'image n'est pas très belle, pourtant c'est vraiment ce que j'ai ressenti. Un bout de moi manquait. Pourtant, cet accident a été un véritable tournant, un premier pas vers la sortie des TCA. Sur le moment, j'ai vécu un véritable enfer. Aujourd'hui, je ne regrette rien (d'accord, à 20 ans, c'est peut-être un peu prématuré pour le dire, disons que je considère que cet arrêt de course forcé m'a été bénéfique).

Je sais qu'il y a bien plus grave dans la vie. Des gens qui se battent pour marcher, pour respirer, il y en a partout dans le monde. Je sais qu'avoir tous ses membres, c'est déjà beaucoup. Et je sais que d'autres ont perdu bien plus. Mais je sais aussi qu'il est légitime d'avoir mal quand on perd la possibilité de faire ce qu'on aime. Ce n'est pas parce que d'autres souffrent davantage que nous devons minimiser la perte de quelque chose qui nous est cher. Toutefois, dans mon cas, cette perte n'était pas irréversible. Mon chirurgien m'a assuré que je pourrais courir à nouveau. Il fallait simplement de la patience. J'étais donc consciente de ma chance : ma blessure était bien maîtrisée et prise en charge, c'était l'affaire de quelques mois. Mais j'avais du mal à me sentir chanceuse de devoir attendre six mois pour reprendre la compétition.

En même temps, cela me donnait une bonne excuse pour mettre sur pause le sport de haut niveau. Avec les crises de boulimie, je régressais depuis plusieurs mois et je n'avais plus du tout la tête à m'entraîner, encore moins à courir en compétition. Je n'avais aucune énergie, toujours mal au ventre, et je me sentais complètement décalée par rapport au monde de l'athlétisme. J'en souffrais énormément, puisque toute ma vie y était dédiée depuis deux ans. Mais je n'y arrivais plus. Mon corps disait stop, ne pensait plus qu'à la nourriture, ce dont j'avais extrêmement honte. J'avais beau essayer, je ne parvenais pas à me reconcentrer sur mes objectifs. Je culpabilisais en permanence. Je sentais bien que ma santé mentale – et physique aussi d'ailleurs – n'était pas du tout compatible avec du sport de haut niveau.

J'avais besoin de temps pour guérir mes TCA séparément du sport. Pendant longtemps, je m'étais dit qu'il fallait « manger pour courir » et que ça m'aiderait à m'alimenter correctement. Je me trompais complètement : j'étais bien trop malade pour que la course guérisse quoi que ce soit. Mais je n'arrivais pas à avouer que je voulais arrêter le haut niveau à cause de la boulimie. Je craignais le regard des gens. Dire « je me suis cassé les deux croisés antérieurs au ski », c'était plus facile que « je fais une pause pour soigner mes TCA ». Dans le monde de l'athlétisme, les TCA restent tabous.

Pendant les vacances de Noël, mes parents ont insisté pour que je me fasse aider. J'étais sans cesse en larmes (la raison, c'étaient les crises, mais j'essayais de me cacher). J'ai commencé à voir une psychologue très douce, qui me parlait de bienveillance envers soi-même. Même à elle, j'avais du mal à avouer mes crises, et quand on a passé des années à considérer son corps comme une machine, le mot bienveillance fait hausser les épaules. À mes yeux, elle ne comprenait rien, nous ne vivions pas dans le même monde. Elle était très bien habillée, sentait le parfum, bref, elle savait prendre soin d'elle, elle. Quant à moi, j'étais en habits de sport, je regardais les aiguilles de son horloge tourner très lentement pendant qu'elle m'expliquait qu'il fallait que je m'occupe de moi comme d'un cheval de course. Je savais bien que c'était mal, ce que je faisais endurer à mon corps, mais je ne comprenais pas en quoi me répéter d'être bienveillante allait m'aider. Je me suis accrochée quelque temps, pour ma famille. Je voulais vraiment aller mieux pour eux. J'ai fini par arrêter en concluant que Tomas était bien meilleur psychologue, du moins pour mon cas un peu spécial. J'avais l'impression de ne faire aucun progrès avec elle. C'était juste douloureux de parler des crises et entendre des choses que je savais déjà sans parvenir à les mettre en place.

Cependant, peu de temps après avoir appris la rupture de mon deuxième croisé, j'ai décidé de chercher un autre psychologue. Je voulais en trouver un spécialisé dans l'anorexie-boulimie, pour me donner une chance de m'accrocher à la thérapie. Mon ancienne psychologue était très gentille, mais je sentais qu'elle était un peu dépassée par les troubles du comportement alimentaire. Maintenant que mon unique échappatoire aux TCA (alias la course) m'échappait justement, il fallait que j'essaie.

Le nom de mon psychologue actuel est un peu long à écrire, c'est pourquoi nous l'appellerons par le diminutif que je lui ai donné. Un jeudi après-midi, j'ai donc fait la rencontre de Momo. J'aurais très bien pu nommer ce chapitre Momo. Il le mériterait.

Si je suis capable d'avoir assez de recul sur les TCA pour écrire un livre, c'est grâce à lui. Si je n'ai plus de crises, c'est également grâce à lui. Aujourd'hui, c'est toujours ma bouée de sauvetage. Comme quoi, il ne faut jamais désespérer avec les thérapies, le tout est de trouver chaussure à son pied.

Mais bon, comme j'ai déjà fait un chapitre « Titi », je me suis dit que rajouter « Momo » au sommaire, ça sonnerait un peu trop comme une comptine pour enfants. « Le début du combat », c'est nettement plus classe.

Revenons donc à notre rencontre. Momo était l'exact opposé de ma précédente psychologue. Sa façon de me fixer avec ses petits yeux noirs me perturbait beaucoup. Je sentais qu'il cherchait à me provoquer, voire me piquer au vif. Mon ancienne thérapeute faisait tout son possible pour me mettre à l'aise, ce qui me rendait… mal à l'aise. Momo, lui, cherchait à me mettre mal à l'aise, donc j'essayais de ne pas me laisser déstabiliser. Un peu comme en compétition. J'avais trouvé chaussure à mon pied.

Je ne vais pas mentir : je suis sortie en pleurant de ce premier rendez-vous. D'ailleurs, j'ai pleuré tout du long. Heureusement, Momo est prévoyant : un paquet de mouchoirs est posé à côté du fauteuil où il vous installe. Ce jour-là, j'en ai utilisé une dizaine.

Momo a eu des mots très durs, comme la dépression. Il m'a dit qu'il me faudrait beaucoup de temps et d'engagement pour me sortir de là.

« Mon cadre de travail, c'est une fois par semaine. Aucune négociation possible. Pour la thérapie, j'ai besoin de régularité. Est-ce que vous êtes prête à vous engager ? Beaucoup de filles renoncent et préfèrent rester dans leurs symptômes parce qu'elles ne sont pas prêtes à s'impliquer. À vous de choisir. »

J'ai dit oui. Quand il m'a demandé si j'étais sûre, j'ai répondu que je préférais essayer n'importe quoi plutôt que de rester dans mon état actuel. Alors oui, j'allais me tenir à la séance hebdomadaire, même si je n'en avais aucune envie. Se confronter à ses propres démons, c'est vraiment difficile. Mais ce fut une des meilleures décisions de ma vie.

Honnêtement, je n'ai toujours pas très bien compris comment fonctionne la thérapie. Surtout au début, je ressortais du cabinet en me disant que je n'étais pas plus avancée qu'en arrivant. Momo m'avait prévenue (toujours sans me ménager, vous aurez compris qu'il ne dit pas les choses à demi-mot) qu'il n'avait aucune recette miracle. Seuls le temps et la rigueur pouvaient venir à bout des TCA. Et aujourd'hui, plus d'un an plus tard, je peux dire qu'il ne s'était pas trompé.

Ma vision sur mon corps a complètement changé. Je ne fixe plus le moindre bout de gras en m'insultant d'oser avoir ça sur moi. Je le vois comme gage de bonne santé. Je n'ai toujours pas retrouvé mes règles, et je sais que ce petit gras me permettra, un jour, d'avoir à nouveau un cycle normal. Moi qui cherchais à être maigre, je veux aujourd'hui être musclée. J'ai passé des heures et des heures à la salle, non plus sur le wattbike pour brûler des calories, mais sur les machines de muscu pour prendre de la masse. Être plus imposante ne me dérange plus comme avant. Je me sens juste en bonne santé, au lieu de l'anorexique de service qui cherche à se cacher. Je n'ai plus peur du regard des autres, car je suis fière du chemin que j'ai parcouru.

Mais ne nous précipitons pas. À ce stade du récit, j'ai trouvé un psychologue rentre-dedans, j'ai deux croisés cassés et je dois me faire opérer. Je me remets donc à écrire des poèmes.

On m'a dit que j'étais en dépression
Et le sport serait mon antidépresseur ;
Depuis je cherche la définition
De ce mot flou qui me fait peur.

Moi, je me sens comme une pile rechargeable
Des jours j'ai plein d'envies et d'énergie,
Et d'un coup, la vie devient désagréable
Je ne sais plus recharger la batterie.

On me demande si je veux disparaître.
Non, pourtant mon corps je veux diminuer,
Aussi absurde que cela peut paraître
Moins légère je ne peux m'accepter.

La notion de bien-être me devient étrangère
J'ai conscience que mon corps je méprise
Pour assouvir une compulsion passagère
Encore et encore je m'épuise.

Et puis, un jour, tout va mieux.
La vie reprend du sens, par magie ;
Naturellement j'ai rouvert les yeux
Comme s'il en avait toujours été ainsi.

Hauteville

Pour l'opération des ligaments, j'ai pris le premier créneau disponible de mon chirurgien. Il me restait à décider si je me faisais opérer d'un genou, et de l'autre six mois plus tard, une fois terminée la rééducation du premier, ou alors des deux d'un coup. Mon chirurgien faisait rarement cette double intervention, mais il acceptait dans le cas de sportifs qui étaient prêts à mettre beaucoup de temps et d'énergie dans leur rééducation. Rééduquer un genou n'est déjà pas évident, on utilise beaucoup son autre genou pour compenser. Alors les deux en même temps…

Beaucoup de gens m'ont affirmé que c'était impossible. Mon oncle chirurgien n'avait jamais pratiqué cette opération. Nous avons pris un autre avis à Paris. Là aussi, on nous le déconseilla. Mais je ne me voyais pas du tout me lancer dans une rééducation de six mois, avec l'idée de tout recommencer pour mon deuxième genou. Je n'avais aucune envie de passer un an dans les hôpitaux et les centres de rééducation. Au plus tôt tout cela serait terminé, au mieux ce serait. J'ai donc pris la décision d'opérer mes deux genoux en même temps.

Une précision importante : quand il vous arrive des galères, tout le monde veut vous donner des conseils. Enfin, surtout ceux qui ne connaissent absolument rien à votre cas particulier. Chacun est différent. Ce qui a fonctionné pour Jean-Pierre et Jean-Luc ne fonctionnera pas forcément pour vous. Demandez l'avis d'un spécialiste et n'écoutez personne d'autre. Lorsque j'ai appris pour mon premier croisé, j'ai pu différencier deux catégories de gens autour de moi. Mes vrais amis et ma famille proche me demandaient si je comptais me faire opérer et m'assuraient que, peu importe ma décision, ce serait la bonne, qu'ils me soutiendraient, quel que soit mon choix. Et l'autre catégorie, ma foi très bienveillante, qui pensait qu'en me donnant des exemples de sportifs qui s'étaient fait, ou non, opérer, j'y verrais plus clair. Je me fichais pas mal des rugbymans qui avaient fait des matchs sans leurs ligaments ou des skieurs qui avaient très vite récupéré de leur opération. Ils n'étaient pas moi. Qu'autant de personnes cherchent à mettre leur grain de sel dans mon choix, croyant savoir ce qu'il me fallait, avait le don de m'agacer. Je répondais poliment : « Oui, merci, je verrai avec un spécialiste. » J'essayais d'appliquer le conseil de ma grand-mère : « Ferme tes oreilles. » Bon conseil, à retenir.

Bien sûr, quand la question s'est posée d'opérer deux genoux d'un coup, ces personnes sont revenues me dire que c'était une très mauvaise idée. Encore une fois, par pure bienveillance. C'était très difficile pour moi d'être en colère contre elles, car je savais qu'elles ne voulaient que mon bien. Mais ça ne m'aidait vraiment pas. Je savais que j'y arriverais.

Mes parents, eux, ne voulaient absolument pas intervenir dans mes décisions. Toutefois, ils n'étaient pas très rassurés. Ils m'ont demandé si j'étais d'accord pour qu'ils rencontrent mon chirurgien. Je n'avais aucun souci avec ça, après tout, c'était eux qui allaient faire un aller-retour Paris-Lyon en une journée !

Mon chirurgien, qui a de l'assurance et une très bonne réputation, les a convaincus. Ma mère m'a suggéré de faire un chapitre sur lui, après l'excellent travail qu'il a fait sur mes genoux. Je lui ai répondu qu'il n'y avait pas non plus de chapitre « Bernard » ou « Julie ». Si je devais faire un chapitre sur chaque personne qui m'a aidée, j'écrirais un livre de remerciements ! Lors de ce rendez-vous, il leur a expliqué qu'il ne m'opérerait les deux genoux qu'à condition que j'aille ensuite dans le centre de rééducation d'Hauteville. Il y envoyait souvent ses patients, car c'est un centre spécialisé dans la rééducation du genou. J'avais mentionné Capbreton dont j'avais beaucoup entendu parler, il m'avait répondu Hauteville ou rien. Très bien, très bien, j'irais découvrir Hauteville. Mon père a voulu savoir si on me laisserait faire un peu d'exercice physique, comme du gainage. « Vous comprenez, elle est un peu hyperactive… » Mon cher chirurgien a eu un petit rire moqueur. « Sans blague, je n'avais pas remarqué! Elle sera prise en charge là-bas, on lui dira quoi faire. Et les trois premières semaines, c'est du repos et de la rééducation. Mais elle verra bien. » Mon père a quand même ajouté : « Et pour cet été… On aime bien faire de la planche à voile… Mais deux mois après l'opération, ça sera trop juste ? » Mon chirurgien nous a dévisagés avec un regard qui voulait dire : c'est quoi cette famille de fous ?

Étant hyperactive depuis petite, m'imaginer dans l'incapacité de bouger était une torture (et c'est encore le cas). J'ai toujours eu besoin de me dépenser, le mouvement m'aide à me sentir bien. Avant, je me considérais juste comme « sportive ». Je me rappelle encore quand, au collège, une amie m'avait expliqué qu'elle avait été diagnostiquée hyperactive. Je l'avais enviée. Pour moi, c'était une forme de supériorité, de capacité à faire plus de choses que les autres. En réalité, c'est une incapacité fatigante à savoir se poser et profiter sans avoir mille pensées en tête à la fois. Je ne suis pas convaincue qu'on fasse forcément plus de choses en étant hyperactive, puisqu'à force de faire tout en même temps et d'avoir le cerveau trop rempli, on se perd un peu. La preuve avec ce récit !

Toujours est-il que ce sont les croisés qui m'ont fait prendre conscience de mon hyperactivité. Je savais que j'allais me faire opérer, mais j'avais encore deux mois devant moi. J'avais le droit de courir, à condition d'être sur terrain stable, de n'avoir aucune douleur et pas de gonflement de genoux. J'ai donc voulu en profiter. Je faisais parfois trois footings par jour, et entre 100 et 120 kilomètres de course à pied par semaine, sans ligaments. Je disais à mes amis : « Je sais que ce n'est peut-être pas l'idée du siècle, mais je crois que cette histoire m'a rendue un peu hyperactive… » Ils riaient tous en me disant que je l'étais déjà avant. Comme quoi, une rupture de ligaments peut vous en apprendre beaucoup sur vous-même !

Selon moi, on peut apprendre à dompter l'hyperactivité comme les TCA et le perfectionnisme. Elle peut être une force ou une faiblesse, tout dépend de comment nous la gérons. Une fois qu'on en a conscience, on peut essayer de travailler tranquillement dessus. Par exemple, si vous savez que vous allez devoir rester toute la journée assis, au lieu de vous dire comme moi « quelle horreur, il faut absolument que j'aille courir à la pause déjeuner », ditesvous plutôt « c'est l'opportunité pour mon corps de récupérer et de se régénérer ». J'essaie vraiment de convaincre mon cerveau de la deuxième façon de penser, mais il est encore têtu.

De toute façon, pour la rééducation, je n'avais pas le choix. Je devais trouver un moyen d'accepter la situation. Bernard m'avait dit « chaque jour sera meilleur », ce qui m'avait beaucoup marquée. Seul problème : pour accepter ce repos forcé, je n'ai presque plus rien mangé pendant trois semaines. Comme je maigrissais, je me sentais bien. L'anorexie prenait de nouveau le dessus sur la boulimie.

Les troubles du comportement alimentaire sont liés aux émotions, il suffit d'un petit rien pour faire la bascule. Vous voyez la mauvaise nouvelle qui arrive alors que vous êtes à table, qui vous coupe l'appétit ? Ou, au contraire, qui vous fait manger la première sucrerie qui passe pour vous consoler ? On appelle ça la faim émotionnelle. Dans mon cas, la peur de ne pas pouvoir faire de sport a supprimé non seulement les crises, mais aussi tout envie de nourriture. Du moins pour un temps. Bizarrement, l'appétit revient plus facilement quand vous n'avez pas devant vous un plateau d'hôpital.

Mais je vais un peu vite. Le 11 mai 2022, à midi, mon père m'emmena à l'hôpital. Le soir, j'étais de retour dans ma chambre, tout heureuse. Il faut tout de même savoir que trois jours avant, j'étais tombée à vélo dans les rails de tramway. Mon genou droit était redevenu gros comme une patate. Or, on m'avait bien précisé que mon genou devait être sec pour faciliter l'opération, d'où le délai de quelques mois entre l'accident et l'intervention. J'étais donc en grande panique (bien sûr, direction le cabinet de Tomas pour m'attrister sur mon sort). Vu ma chance, j'avais peur de m'être abîmé le ménisque avec cette chute, histoire de pimenter encore un peu les choses. Mais non. L'opération s'est bien passée, les ménisques allaient bien. D'où ma grande joie en revenant dans ma chambre d'hôpital. Mon père, épuisé par le stress, n'en revenait pas. C'est drôle, parce que pendant qu'on attendait les brancardiers avant l'opération, je m'étais endormie alors qu'il ne tenait pas en place à cause de l'angoisse. « Tu veux dormir maintenant ! » Le jeûne obligatoire pour l'intervention m'avait fatiguée. J'étais tellement soulagée d'enfin me faire opérer et passer à autre chose que je ne voyais pas le problème de profiter de l'attente pour faire une sieste.

Les machines de cryothérapie ont gardé mes genoux au frais toute la nuit. Les infirmières passaient toutes les deux heures vérifier ma température et ma tension. Pour ceux qui ont déjà séjourné à l'hôpital, je ne vous apprends rien, on dort mieux chez soi. Et encore, j'avais la chance d'avoir une chambre individuelle.

Le lendemain matin, les infirmières m'ont proposé de m'aider à me lever pour aller aux toilettes. J'étais aux anges. Avec leur aide et celle des béquilles, j'ai réussi à faire les quelques pas nécessaires. Après cette nuit mouvementée, j'étais tout heureuse de simplement me passer un gant de toilette sur le visage. Cela m'a rappelé l'expression : « Les choses simples sont les meilleures. » Il faut savoir profiter des petits plaisirs.

Mon chirurgien est ensuite passé. Il était content de me voir en forme. En partant, il m'a dit : « Toi, il faut juste que tu arrives à te reposer, tout le reste ira bien. » Je crois que j'avais déjà bien compris, mais une petite piqûre de rappel ne fait jamais de mal.

Quand mon père est revenu, j'étais tout excitée de lui dire que j'avais pu marcher, ou du moins me dandiner. Il était soulagé mais un peu gêné. « Le plus important, c'est que tu ailles bien. Mais je ne sais pas trop comment te le dire... On s'est fait casser la voiture. Tu avais des choses de valeur dedans ? » J'étais tellement sur mon petit nuage que j'ai pensé : « C'est que du matériel, ce n'est pas grave ! » Finalement, on ne nous a volé que nos manteaux. Je suis un peu chanceuse de temps en temps, tout de même.

Ce fut ensuite le tour du kiné de l'hôpital de rentrer dans la chambre, pour me faire marcher. Toute fière, je me suis donc de nouveau levée, et j'ai accompli un magnifique aller-retour jusqu'au couloir. D'ailleurs, la vidéo que mon père a faite de cet exploit a eu beaucoup de succès sur Instagram.

C'est bien la preuve que le conseil « ferme tes oreilles » vaut de l'or dans des situations comme la mienne. Un grand nombre de personnes m'avait juré que je ne pourrais pas du tout marcher avec deux genoux opérés. Ils ne connaissaient pas le travail de Tomas en kiné pré-opération, c'est tout. Il ne faut pas s'affoler de ce que les autres disent, chaque expérience est unique.

Finalement, j'ai eu le droit à un nouveau tour en ambulance, direction Hauteville. J'ai discuté tout le long du trajet avec l'ambulancier assis près de moi. Il était très gentil, comme tout le personnel de l'hôpital, d'ailleurs. J'avais peur que les infirmières soient encore très fatiguées par le chaos du COVID, mais toutes étaient adorables. Quand vous avez peur ou mal, ça fait du bien de se sentir chouchouté.

Ce fut ensuite le début de la colonie de vacances d'Hauteville-Lompnes. Les trois semaines sont passées plus rapidement que prévu. J'ai rencontré là-bas des personnes incroyables. On jouait aux cartes le soir, au loup-garou, au Mölkky… Quand la moitié des joueurs sont en fauteuil roulant, je peux vous dire que ça rajoute beaucoup de défi au jeu ! Tout le monde s'entraidait, apprenait à se connaître, riait de la manière dont il s'était blessé. Être entourée de gens qui réapprenaient également à marcher m'a vraiment aidée à me sentir bien. J'étais fière de chaque petit progrès : plier mon genou à plus de cent degrés, soulever mes chevilles en contractant mon quadriceps, battre le record de volts envoyés aux électrodes lors des exercices de contraction… Je pense que si j'avais été à la maison, avec mes parents faisant tout leur possible pour m'aider, j'aurais disjoncté. La perte d'autonomie aurait été trop difficile. Alors que là, j'avais l'impression de très bien me débrouiller, on ne cessait de me dire que j'étais en avance sur les délais de guérison prévus pour un seul genou.

Contre toute attente, j'ai donc très bien vécu ma rééducation. J'ai appris de nouveau à profiter des choses simples. Mes objectifs ont complètement changé : au lieu de chercher à faire 40 000 pas dans la journée (et le chiffre n'est pas inventé, je marchais même en mangeant), je voulais me reposer au mieux pour que mes genoux récupèrent. Je les glaçais avec l'appareil de cryothérapie dès que je pouvais, et je m'appliquais beaucoup dans mes exercices de rééducation. Comme je l'ai dit, j'étais en avance, j'ai donc eu le droit de laisser tomber le fauteuil roulant au bout de dix jours au lieu de deux semaines. Car oui, j'ai tout de même dû passer par le fauteuil. Tout le monde en a un au début là-bas (même ceux qui n'ont qu'un genou à rééduquer, j'étais la seule « bilatérale »). Il permet aux genoux de ne pas se fatiguer pour rien lors des déplacements chambre-salle de kiné, donc d'accélérer la cicatrisation de la greffe. Pour ceux qui se demandent comment ça marche, le chirurgien coupe un bout de l'ischio pour venir le greffer sur le ligament cassé. Voilà pourquoi il faut un certain temps pour s'habituer à ses nouveaux genoux, qui restent gonflés pendant plus d'un mois après l'opération.

J'ai pas mal essayé de négocier avec mon kiné d'Hauteville. Même si ce n'était pas Tomas, je m'entendais très bien avec lui. Je tentais par tous les moyens de le convaincre de me laisser aller dans la petite piscine du centre. Pour moi, avec un pull-buoy[8], il n'y avait aucun risque. « C'est mort de chez

8. Flotteur en mousse qui se met entre les jambes pour faire travailler le haut du corps.

mort. Pas avant la deuxième phase », me répétait-il. La deuxième phase commençait six semaines post-opération. On rentrait chez nous trois semaines après la première, pour revenir faire de la musculation plus tard, quand les genoux auraient un peu dégonflé. La première phase nous permettait de nous débrouiller pour marcher, mais pas grand-chose de plus. Alors qu'à la deuxième, nous avions l'immense privilège d'aller sur les wattbikes, de faire du tir à l'arc sur une jambe, des montées de genou dans la piscine et beaucoup d'autres exercices tout aussi amusants. Les séances de proprioception[9] se terminaient toujours par une compétition de fléchettes. J'ai perdu à chaque fois d'ailleurs, soi-disant parce que j'étais « bilat », mais en réalité, je suis nulle aux fléchettes. Cependant, je suis devenue une pro du tir à l'arc et du passage de haies les yeux fermés !

En plus de formidables camarades de rééducation, j'ai trouvé au centre une équipe de kiné qui l'était tout autant. J'ai toujours été prise en charge avec beaucoup d'attention et de professionnalisme. J'avais entièrement confiance en eux, je savais que si j'avais la moindre question j'obtiendrais une réponse claire. Ils prenaient le temps avec chaque patient, aussi bien pour expliquer les exercices,

9. Perception sensorielle de la position des différentes parties du corps dans l'espace et des unes par rapport aux autres.

pour les massages, que pour être à l'écoute. Nous nous sentions tous bien là-bas. Sitôt les séances de kiné terminées, les infirmières prenaient le relai et étaient toujours à disposition dans les chambres. Elles passaient régulièrement vérifier que tout allait bien et recharger les machines de cryothérapie en glaçons. Une visite chez le médecin était organisée pour nous une fois par semaine. Tout était vraiment optimisé pour que nous progressions le plus vite possible.

J'ai suivi les cours de l'INSA à distance grâce à l'une de mes meilleures amies qui m'envoyait tout et à qui je dois d'avoir eu mon semestre. J'ai passé des examens sur mon lit, surveillée en visio par mes professeurs. Heureusement, c'était la fin de l'année et j'avais déjà terminé certaines matières. Entre les deux phases, je suis revenue à Lyon pour mes derniers partiels. Tout s'est très bien passé.

Vous l'aurez compris, je ne me suis jamais ennuyée à Hauteville. Mes parents et ma colocataire sont aussi venus me voir. J'ai fait mes week-ends de permission à Annecy et Aix-les-Bains. J'ai repris goût à la vie. J'ai recommencé à lire, à dessiner, à jouer à la Switch. Pour moi, c'était un nouveau départ. Ou une sorte de retour en enfance. Surtout que mon corps ressemblait de plus en plus à celui d'une petite fille. Ça avait quelque chose de rassurant pour moi, comme si j'étais protégée du monde extérieur. Malheureusement, il a bien fallu retourner dans la vraie vie.

S'il y a bien une leçon que je tire de tout ça, c'est qu'il est inutile de s'angoisser pour l'avenir. Même si on n'a aucune idée de là où on va, ce sera peut-être génial. Il ne faut pas avoir peur des mauvaises expériences. Accepter de ne pas tout maîtriser, c'est accueillir toutes les opportunités que nous apporte l'imprévu.

Fracture du moral

Après Hauteville, j'ai passé un très bel été avec mes amis, puis ma famille. Nous étions aux Canaries, et même sans la planche à voile, j'ai trouvé de quoi m'occuper. Comme je l'ai mentionné, ma blessure m'a permis d'ouvrir les yeux sur tous les petits privilèges dont je n'avais pas conscience. Se balader dans la nature, pratiquer du sport, être autonome… J'avais toujours considéré ça comme normal, acquis. Malheureusement, c'est souvent lorsqu'on perd quelque chose que l'on réalise sa valeur. À Hauteville, chaque journée m'apportait un peu plus que la veille et je savourais tous mes progrès.

Tout ça pour dire que je ne me suis pas sentie frustrée aux Canaries. J'étais très heureuse de pouvoir faire de longues marches sur la plage avec des amis de mes parents. Je les connais depuis mon enfance, pour moi, ils font partie de la famille. Nous parlions pendant des heures, une autre de mes activités préférées. Je nageais beaucoup avec le pull-buoy, puis j'ai eu le droit de refaire travailler le bas du corps. Je me sentais réellement chanceuse de pouvoir faire tout ça. J'avais encore en tête les balades dans le petit parc du centre d'Hauteville où j'essayais de me débrouiller pour déplacer mon fauteuil roulant. Mon père me proposait toujours de m'aider, mais j'avais ma fierté. En comparaison, les plages des Canaries étaient un cadeau immense.

Mes colocataires, qui craignaient que je vive très mal ma rééducation, ont été assez surprises de ce changement brutal. Elles se mettaient à ma place, et comme elles sont, elles aussi, hyperactives, elles avaient de la peine pour moi. J'avais beau leur expliquer à quel point j'avais de la chance de simplement pouvoir marcher, elles avaient un peu de mal à comprendre. Forcément, quand on est habitué à courir une centaine de kilomètres par semaine, marcher peut sembler ennuyeux.

Lors du mois d'août, j'ai repris le « trotting » avec le plan de la Clinique du Coureur[10]. J'ai commencé par trois fois une minute de course très lente, alternée avec une minute de marche. J'avais cinq séances

10. Une clinique en ligne qui propose notamment des programmes d'entraînement adaptés à une reprise de course après une blessure. https://lacliniqueducoureur.com

par semaine, chaque fois un peu plus longue. Au bout de quinze jours, je suis passée aux blocs de deux minutes, puis trois, etc.

Je me suis mise à lutter contre la frustration. Après tout ce que j'avais traversé, j'ai suivi le plan à la lettre, je ne voulais prendre aucun risque. Au début, j'étais très heureuse de courir un peu. Mais je me rendais bien compte que je n'irais pas bien loin avec mon physique. Je pesais 43 kilos pour 1 mètre 67, autant vous dire que je n'avais pas grand-chose sur moi. La sensation de froid était revenue depuis longtemps. À Hauteville, je grelottais sous deux pulls la nuit alors que ma camarade de chambre ouvrait la fenêtre car elle avait trop chaud. Mes genoux encore fragiles ne me permettaient pas d'aller bien vite, mes quadriceps devenus inexistants pas davantage. Je savais que j'allais devoir reprendre du poids. Mais je repoussais l'échéance. Être si légère me procurait l'adrénaline que je n'avais plus par les séances de sport. C'est Momo qui m'a expliqué plus tard que le sous-poids engendre à la fois des hormones de stress et de plaisir.

J'avais repris la purge car je ne parvenais plus à me priver. Je sentais que les crises menaçaient de nouveau. Elles sont réapparues progressivement pendant l'été. En septembre, j'ai décidé de commencer un suivi avec un diététicien. Ça n'a pas donné grand-chose. Je voulais trouver quelqu'un qui m'aide à manger suffisamment sans avoir mal au ventre. En effet, le problème avec l'anorexie-boulimie, c'est que votre système digestif est mis à rude épreuve. À un moment, il n'a rien à assimiler, puis beaucoup trop, puis un petit coup d'acide vient arranger les choses s'il y a une purge. Bref, même quand vous faites des efforts, un « repas normal » peut vous donner mal au ventre plusieurs jours. Le corps doit apprendre à digérer de nouveau. C'était vraiment difficile, car mon ventre gonflait beaucoup, j'étais sans arrêt ballonnée ou constipée. Que des choses très glamour, dont il est difficile de parler. Pourtant, beaucoup de femmes passent par là.

Quoi qu'il en soit, le diététicien que je voyais ne m'aidait pas beaucoup. D'après lui, la douleur pouvait prendre des mois, voire des années à disparaître ; je devais continuer à manger. Payer cinquante euros pour entendre « votre ventre est gonflé, c'est normal, ça passera un jour », ça m'a vite lassée. Cependant, il m'a permis d'ouvrir les yeux sur mon état de santé. Officiellement, il était spécialisé dans les TCA. Quand il a vu mes joues creusées en visio, je crois qu'il a rapidement compris que c'était sérieux. Il m'a demandé mon poids et ma taille. Nous avons très peu parlé d'alimentation pendant les deux premières séances : il voulait avant tout me faire réaliser que mon IMC était suffisamment bas pour m'envoyer à l'hôpital et que j'étais en danger de mort. Ça m'a bien secouée.

J'ai également revu Momo à la rentrée. J'avais fait des visios avec lui en juin et en juillet, mais il était en vacances au mois d'août. Comme le diététicien, mon état de santé l'inquiétait. Il voulait que j'aille voir le médecin, « faire un bilan ». En d'autres mots, vérifier que ma vie n'était pas en danger. J'ai commencé à réduire les purges et à accepter de faire parfois des crises d'hyperphagie. Pour ceux qui ont oublié, ça veut dire que je mangeais sans rien contrôler, en quantités très disproportionnées, sans vomir après. Autant vous dire que je me sentais très, très mal.

J'ai repris petit à petit du poids. Le médecin du sport m'a donné le feu vert pour me remettre progressivement à la course à pied. Mes genoux allaient très bien. Cependant, une douleur au dos commençait à s'installer. Il m'a prescrit une nouvelle ordonnance de kinésithérapie, estimant que ce n'était sans doute pas grand-chose.

Les cours ont repris, les entraînements aussi, mais pas comme je l'aurais voulu. Comme cette douleur au dos persistait, Bernard m'a orientée vers la marche rapide. Au début, ça ne m'a pas plu du tout. J'étais frustrée de ne pas pouvoir m'entraîner comme je le voulais, mais je prenais mon mal en patience. Selon

Tomas, ce n'était pas plus mal que je ne fasse pas trop de volume en course.

Je suis passée du plan très progressif de la Clinique du Coureur à de l'entraînement en athlétisme trop peu adapté à mes capacités du moment. Avec Bernard, on raisonnait encore par rapport à ce que je faisais avant ma blessure. On avait divisé par deux le volume, mais c'était loin d'être suffisant. Depuis l'opération, je n'avais jamais couru plus de dix-huit minutes (et même pas en continu). Il aurait fallu tout recommencer de zéro, mais trop heureux que le médecin m'ait autorisée à reprendre, nous avons voulu aller trop vite, sans même nous en rendre compte. Alors que mes genoux ne m'avaient posé aucun problème lors de ma rééducation, mon genou droit a commencé à gonfler.

J'ai donc été contrainte de remplacer les entraînements de course par de la marche rapide. De toute façon, les quelques séances que j'avais pu faire laissaient à désirer. C'était très difficile de ne pas regarder la montre, d'accepter d'aller beaucoup moins vite qu'avant. J'essayais de me résigner, de me convaincre que ça reviendrait. Mais une partie de ma tête ne parvenait pas à oublier que je n'arrivais à atteindre mon allure de 10 kilomètres qu'en sprintant. En marche rapide, je me fichais pas mal d'être nulle puisque je n'en avais jamais fait. Je commençais à progresser, je parvenais à m'essouffler et à avoir l'impression d'aller un peu vite. Quand je rentrais chez moi, je refaisais aussi du vélo de route avec mon père. Ça me plaisait bien, jusqu'au jour où je suis encore tombée. Mon père, complètement paniqué, a crié : « Merde, merde, merde, merde, merde ! » Je l'ai rassuré, tout avait l'air d'aller bien, mes genoux semblaient indemnes. Je suis remontée sur mon vélo, on a terminé la séance de fractionné et on a enchaîné avec les côtes de course à pied, comme prévu.

Excepté cet incident, je me rappelle avoir passé un excellent week-end. La veille, j'avais voulu faire essayer la marche rapide à mon père. Il croyait que ce serait plus tranquille que la course. Le pauvre a bien souffert ! Le soir, il riait de n'avoir pas réussi à me suivre, même en courant. Mon dos allait mieux, et j'avais un nouveau sport officiellement « sans chocs » pour me dépenser.

Le lundi soir, j'ai retrouvé Bernard sur le stade pour un entraînement de marche rapide. Sur une ligne droite, j'ai eu tout d'un coup très mal à l'aine. Bernard m'a recommandé de faire bien attention et de ne pas forcer. Il me restait une ligne droite, mais la douleur était si forte que je me suis arrêtée à la moitié. J'ai d'abord pensé à un claquage, mais la séance était vraiment courte et pas très difficile, surtout en comparaison de celle que j'avais faite le samedi. J'étais incapable de comprendre pourquoi mon corps ne suivait pas.

Je devais avoir un entraînement de course le lendemain, mais je boitais pour aller en cours, j'ai donc vite compris que ce ne serait pas possible. Je me suis rendue chez Tomas, toute contrariée de cette douleur qui arrivait juste quand mon dos allait mieux. J'avais passé quatre mois de rééducation à tout trouver trop facile, alors qu'on m'avait dit que ce serait très compliqué. J'étais restée patiente et j'avais respecté le programme à la lettre. Et là, alors que j'étais censée aller bien et reprendre, tout devenait compliqué, j'enchaînais les douleurs sans explication. Il y avait une explication, bien entendu, mais je ne l'ai comprise que plus tard.

Je voulais que Tomas me rassure, qu'il me dise qu'il n'y en aurait pas pour longtemps. Mais il ne pouvait pas trop s'avancer. C'est Tomas : il préfère ne pas donner de faux espoirs et il sait prendre des pincettes quand il le faut. Je lui ai parlé de la chute à vélo, qui pourtant ne m'avait laissé aucune séquelle à première vue. Selon lui, je m'étais cogné la hanche et l'entraînement de marche avait réveillé la douleur des contusions osseuses. Il m'a conseillé de prendre rendez-vous chez le médecin du sport, et de faire une IRM pour vérifier. J'ai voulu attendre un peu, j'espérais que ça passerait en une semaine ou deux.

Mais la douleur est restée et j'ai continué de boiter. Je faisais de la muscu, du rameur et du SkiErg[11], je retournais aussi à la piscine avec le pull-buoy. À contrecœur, j'ai fini par me rendre chez le médecin du sport. J'étais dépitée d'y retourner blessée, alors que je l'avais quitté toute fière de l'état de mes genoux. C'était d'autant plus difficile que j'y allais auparavant uniquement pour des contrôles préventifs post-opératoires, organisés par la secrétaire de mon chirurgien. Je m'étais habituée à être félicitée à chaque fois pour l'avancée de ma rééducation. Mais, cette fois, c'était la fin de la facilité : je devais moi-même prendre rendez-vous pour comprendre ma douleur.

Il m'a fait le même diagnostic que Tomas et m'a donné une ordonnance pour l'IRM. En y allant, je me souviens avoir pensé : « Là, de toute façon, je ne vais pas apprendre que j'ai un croisé cassé, je ne risque pas grand-chose. »

Quelle surprise quand le radiologue m'a annoncé : « Vous avez mal à l'aine, c'est ça ? Pas étonnant, vous avez une fracture de la branche ischio-pubienne. » Je ne comprenais rien. Com-

11. Appareil pour entraîner le haut du corps en reproduisant le mouvement d'un skieur de fond.

ment pouvais-je avoir une fracture et marcher ? Et surtout, comment mon os s'était-il cassé ? Le radiologue m'a questionnée sur mes pratiques sportives. Je lui ai expliqué que je pratiquais initialement la course, mais que je faisais actuellement de la marche. « Ce n'est pas très étonnant, les os des marcheurs peuvent casser juste comme ça. Peut-être aussi que la chute à vélo a fragilisé cette zone. » Mais je n'étais ni marcheuse, ni cycliste. Je faisais tout cela dans un but précis : reprendre la course à pied. Et tout ce que je récupérais de mes efforts, c'était une fracture ? Un terrible sentiment d'injustice m'envahit. Pendant quatre mois, on m'avait répété qu'en septembre, si je respectais le programme, je pourrais courir. J'avais tout mis en place pour que mes genoux me le permettent. Au moment où je devais pouvoir en profiter, avoir enfin ma récompense, tout était encore reporté. Il fallait encore que je me batte.

J'ai demandé combien de temps de repos. « Minimum six semaines. Mais c'est très variable. Ma fille a eu la même fracture que vous, elle en a eu pour trois mois. »

Dans la salle d'attente, j'ai fondu en larmes. En récupérant mon dossier, la secrétaire de l'accueil a eu pitié de ma petite mine. Elle m'a pris la main et m'a recommandé d'être patiente, tout allait s'arranger. Elle était adorable, vraiment, mais j'avais déjà entendu la même chose six mois auparavant.

Tomas s'est montré optimiste. Il m'a listé tous les sports que je pouvais encore faire. Il m'a écrit par message : « Il reste trois semaines sur les six. Plus long que tu ne le souhaites, plus rapide que tu ne le penses. » Les deux séances de kiné par semaine sont devenues des séances de cardio sur le SkiErg. Tomas savait que pour m'occuper l'esprit, il fallait me faire morfler. Il ne m'a pas lâchée. Semaine après semaine, j'arrivais en disant que j'avais toujours mal, mais il trouvait toujours quelque chose pour me faire sourire.

Six semaines après la fracture, le médecin du sport m'a prescrit une IRM de contrôle pour évaluer si je pouvais me remettre progressivement à la course. Presque rien n'avait changé. Le radiologue, le même que la fois précédente, ne fut pas étonné : seulement trois semaines s'étaient écoulées. Il a aussi vérifié le reste de mon dos ; j'avais des fissures aux ailerons sacrés. Nous avons discuté de mes douleurs de reprise qui commençaient ainsi à s'expliquer : début de fracture de fatigue. Mon radiologue était surpris : était-ce la première fois que je me blessais autant ? Je lui ai expliqué les croisés, la douleur au dos que je prenais pour un manque de muscles à la reprise. « Les deux croisés d'un coup ? C'est possible ? Mes félicitations ! » J'ai eu un petit rire nerveux. « Donc là, vous avez fait les croisés et maintenant la fracture ? C'est vraiment une année de merde pour vous ! » C'était le cas de le dire.

La suite du combat

Cette fracture a tout chamboulé dans ma tête. C'était une conséquence directe de toutes ces années à vouloir me persuader que je pouvais être en bonne santé avec un IMC de 16. Au fond, je savais que les croisés étaient une autre répercussion. J'allais tellement mal avec les crises de boulimie que j'attendais presque qu'il se passe quelque chose. Je me doutais qu'une blessure allait arriver, vu l'alimentation catastrophique (ou plutôt, l'absence d'alimentation) que je couplais à mon entraînement. Mais je ne pensais pas frapper si fort. En vérité, si j'avais été dans mon état normal, je n'aurais pas volé dans les bosses du mont Joly.

Toutefois, je n'avais pas avoué à grand monde cette partie de l'histoire de ma chute. Officiellement, c'était juste un coup de pas de chance. Mon cerveau a fini par mettre de côté la responsabilité des

TCA. Ou plutôt, il a retenu que la boulimie était la fautive, en oubliant qu'elle était une cause directe de mon anorexie.

Lors de ma rééducation, je m'étais battue de toutes mes forces pour pouvoir courir à nouveau, en oubliant que je devais aussi me battre pour être en bonne santé. Je n'avais pas cherché à lutter contre cette fameuse petite voix dans ma tête qui me disait de ne pas manger. Au contraire, j'étais ravie qu'elle ait repris le dessus sur l'autre voix, celle qui me faisait avaler tout ce qui me passait sous la main. Ce discours intérieur peut sembler très bizarre, mais les troubles du comportement alimentaire, c'est très bizarre. Pourtant, ils touchent énormément de jeunes filles et encore plus de jeunes athlètes. On parle alors de la triade de la femme athlète : TCA, aménorrhée, ostéoporose.

On m'avait déjà mise en garde contre l'ostéoporose. Une amie de mes parents m'avait expliqué que, pour compenser les carences, le corps récupère du calcium sur les os qui, à long terme, se déminéralisent. En dessous d'une certaine densité osseuse, on entre en ostéopénie, puis en ostéoporose à un stade plus avancé. En général, ce problème se déclenche plutôt au moment de la ménopause. Mais l'anorexie nous permet de voyager dans le temps et d'avoir des os de mamies avant l'âge !

Malheureusement, l'information était entrée par une oreille pour ressortir par l'autre. Tout ça me semblait tellement loin de moi, tellement irréel. J'avais conscience que je prenais des risques en cherchant à rester en sous-poids. Quand j'ai commencé les purges, j'avais également très peur des conséquences pour ma santé. Mais tant qu'elles n'étaient pas réelles, je n'arrivais pas à changer, j'étais incapable de m'accepter autrement physiquement. Le simple fait d'y penser me mettait dans des états terribles. La fracture était le témoignage même de l'extrême fragilité dans laquelle je me trouvais.

Ramasser les pots cassés au moment où j'essayais de changer, et non pas quand j'étais dans le déni, a été très difficile. Néanmoins, c'était la preuve que je n'avais plus le choix. Si je voulais courir, il me fallait trouver un moyen d'accepter mon corps, avec sa morphologie naturelle.

Heureusement, les cours de l'INSA m'ont beaucoup occupée et j'ai également commencé à en donner moi-même à des lycéens, tout en continuant les sports que je pouvais encore pratiquer et la kiné. Ça m'a permis de me sentir utile, de penser à autre chose. Mon petit business fonctionnait plutôt bien et j'en étais ravie. Malgré tout, je sentais toujours cette absence, un vide que je comblais comme je pouvais, cette partie de moi qui manquait. Mais je la comblais comme je pouvais, sans cesser d'espérer reprendre la course à pied. Chaque semaine, Tomas me proposait de refaire un petit test, et chaque fois, la douleur était encore là. Alors je continuais de donner mon maximum pour reconstruire du muscle et essayer de m'alimenter correctement. Il m'a fallu plus de trois mois pour courir sans douleur.

Pourtant, au mois de décembre, j'ai réalisé que je me sentais beaucoup mieux que l'hiver précédent, même sans la course. Heureusement pour moi d'ailleurs, vu l'état dans lequel j'étais. Mes crises avaient beaucoup moins d'ampleur, je prenais du plaisir à donner mes cours, à nager. Tous les mercredis soir, je faisais de l'aquajogging avec ma colocataire. Elle avait exactement la même fracture de fatigue que moi (oui, c'est possible). Elle s'était blessée pendant l'été, mais avait réussi à reprendre au bout de trois semaines. Cependant, la douleur était revenue après une compétition. Comme nous avions les « mêmes symptômes », elle est allée faire une IRM et ça n'a pas loupé. On s'est donc soutenues mutuellement tout l'hiver. Nos footings au parc se sont transformés en aquajogging à la piscine. Pour ma part, avoir une alternative à l'entraînement le temps que les choses s'améliorent me faisait beaucoup de bien. Même si le problème de la piscine, c'est qu'on peut vite s'ennuyer. Mais là, je lui racontais tout ce qui me passait par la tête et le temps passait à toute vitesse.

Ce qui m'a aussi beaucoup aidée à accepter ce nouveau repos forcé a été d'entretenir une petite routine « bien-être ». Tous les matins, je faisais mes exercices sur Duolingo[12] en buvant mon café. Tous les soirs après la douche, je me mettais de la crème sur le corps et de l'huile sur les cheveux. C'est tout bête, mais ce genre de petites attentions que l'on s'accorde à soi-même permettent d'apprécier le quotidien, et surtout, d'apprendre à aimer son corps tel qu'il est, d'en prendre soin malgré ses changements. Je n'aimais pas du tout voir s'accumuler le gras. Mais cette fois, je savais que c'était vraiment nécessaire. Alors j'essayais de ne pas trop me regarder dans le miroir, juste de prendre soin de moi. Je me disais qu'en reprenant l'entraînement, je retrouverais un équilibre muscle/masse graisseuse qui me conviendrait mieux, mais que, pour l'instant, il fallait que je laisse faire. J'avais déjà trop torturé mon corps.

Je crois que Momo était content de mes progrès. Il me disait de temps en temps : « Vous êtes beaucoup plus posée, je trouve » ou « J'ai l'impression que vous êtes plus à l'écoute de vous-même ». Comme c'était très rare venant de lui, j'en étais fière.

---

12. Application pour téléphone qui permet d'apprendre une langue grâce à des exercices journaliers.

Il a même commencé à me faire des blagues, ce qui n'était jamais arrivé avant. Parfois, j'en avais assez de bloquer deux heures de mon jeudi après-midi pour aller dire que je n'aimais pas mon corps, mais que je faisais avec puisque je n'avais pas le choix. J'avais l'impression de me répéter. Je pensais : « Allez, encore un ou deux mois, ensuite j'arrêterai peut-être, j'ai fait des progrès et ça me prend du temps pour pas grand-chose. » Mais je ne me suis jamais sentie prête à arrêter. Et finalement, je ne l'ai plus souhaité du tout. Je ne vois plus ces séances comme un rendez-vous obligatoire pour aller mieux, mais comme un moment pour moi, pour laisser mes émotions s'exprimer.

J'ai découvert que, sous son air dur et sec, au fond, Momo est extrêmement gentil. Ses premiers sourires m'ont beaucoup surprise ! Il ne m'a pas ménagée, mais j'ai été « récompensée ». Par exemple, au premier rendez-vous, il m'a dit que j'étais en dépression. Quelques semaines plus tard, je suis revenue là-dessus, parce que ça m'avait beaucoup marquée. Il m'a répondu : « Non, je n'ai pas dit que vous étiez en dépression, simplement que vos crises engendraient des phases dépressives. » Ou alors plus récemment, lorsque j'ai essayé de négocier pour espacer les séances, nous nous sommes, comme qui dirait, bien accrochés. Il a insisté : son cadre de travail en thérapie, c'est une fois par semaine. Mais, moi, j'avais l'impression d'avoir beaucoup évolué en un an. Je ne me sentais pas encore prête à arrêter, mais une semaine sur deux m'aurait mieux convenu. Il est resté ferme : minimum trois séances par mois. La semaine suivante, il est finalement revenu sur sa décision, comme si de rien n'était.

Momo m'a aussi appris à exprimer ma colère. Comme je l'ai dit, je suis plutôt réservée, je ne m'énerve que très rarement contre les gens. Les choses ont commencé à changer avec les croisés, j'ai découvert que je pouvais crier. Mais en général, si quelqu'un ou quelque chose me contrarie, j'ai tendance à bouder ou à essayer de contenir ma colère. Si vous avez bien suivi mon tuto émotion, à quoi cela aboutit-il ? Implosion. Or, dans les périodes plus difficiles, c'est normal de ressentir de la colère pour un oui ou pour non. J'ai eu l'occasion avec Momo de pleinement la ressentir sans chercher à la freiner. Certaines de ses remarques sur ma capacité à me blesser tout le temps m'ont parfois piquée au vif. Nous nous disputions alors comme chien et chat. Pourtant, j'ai un souvenir incroyable de ces séances après lesquelles je me sentais libérée d'un grand poids. J'avais évacué toute ma colère et réalisé qu'elle ne s'adressait pas à lui, ni à personne en particulier. J'étais juste en colère contre la tournure des événements, que je ne pouvais pas maîtriser.

Progressivement, j'ai compris que mon anorexie était la conséquence d'une multitude de micro-facteurs, notamment une bien trop grosse exigence avec moi-même. S'accorder de la bienveillance demande beaucoup de temps et de patience. Se détacher du regard des autres et s'autoriser à exister sans accomplir un milliard de performances l'est également. J'ai réalisé que j'étais terrorisée par mon corps de femme en partie par peur du regard des hommes un peu « lourds ». En clair, j'avais peur d'avoir des formes et d'être exposée aux regards mal placés. Je cherchais à rester une petite fille pour n'appâter personne, pour ne pas sortir du cocon de sécurité qu'avaient voulu me créer mes parents et mes grands-parents. C'est dire à quel point les choses peuvent aller loin ! Avec Momo, j'ai regagné très progressivement confiance en moi. J'ai compris que ce n'était pas à moi de changer et de me cacher, bien au contraire.

Tout le travail que j'ai fait avec lui, je n'aurais pas pu le faire seule. Pendant plusieurs années, j'ai voulu me convaincre que j'y parviendrais. Je n'ai fait qu'alimenter le cycle infernal des périodes de mieux et de pire. Chaque rechute était plus difficile. Me dire qu'une fois encore, j'avais échoué, me donnait l'impression que jamais je ne m'en sortirais. Alors que, depuis la fracture, je remarque de réels changements sur ma façon de penser et de voir mon corps. Par ailleurs, m'éloigner du monde du haut niveau et de l'athlétisme a, je pense, été très bénéfique à ma thérapie. C'est très difficile de sortir des TCA en étant constamment entourée de filles qui vous rappellent votre « ancien corps », celui auquel vous renoncez. Pour moi, une sorte de pression inconsciente se met en place pour être la plus affûtée possible aux compétitions. On sait que l'évolution physique des athlètes fait souvent beaucoup (trop) parler.

J'ai rempli des carnets entiers sur cette peur du regard extérieur. Comme si on attendait de moi que je sois maigre, puisque je l'avais été plusieurs années. Je croyais aussi que mes performances sportives étaient dues à mon physique. Cette pression permanente est cependant très difficile à exprimer. L'écriture me faisait donc beaucoup de bien, mais, pour ma part, ça n'a pas été une thérapie suffisante : dès que j'écrivais que je me sentais mieux, j'avais l'impression de rechuter ensuite.

Le *journaling* (parce que c'est tout de même beaucoup plus classe en anglais) m'a tout de même aidée, par exemple, à identifier ce qui n'allait pas et ce pour quoi j'étais reconnaissante. Mettre mes entraînements et mes journées sur le papier me procurait la satisfaction de les immortaliser. Dans mes pires périodes d'anorexie, je notais même tout ce que je mangeais et mon poids chaque matin. Ça a ensuite évolué vers les petites choses de la journée qui m'avaient fait sourire, les détails que je ne voulais pas oublier.

Relire mes « journées d'anorexique » me fait beaucoup de mal. Je ne comprends pas comment j'ai pu être aussi obsédée. Quand je faisais des crises de boulimie, c'était encore pire de me rappeler cette obsession : je culpabilisais d'autant plus d'avoir perdu le contrôle. Mais j'adore retrouver tous les petits éléments qui m'ont rendue heureuse à telle ou telle date. En plus de me rappeler les bons souvenirs, ce sont des choses que je peux remettre en place pour me sentir bien.

Voilà donc mon hiver résumé en quelques paragraphes. Forcément, comme ça, le processus de thérapie semble plutôt rapide et efficace. En réalité, comme toute personne humaine, j'ai eu des petites rechutes, des doutes, des peurs. Et aussi beaucoup d'espoir et de joie.

En janvier, j'ai repris les footings. Alors que je commençais à retrouver des sensations, je me suis fait une tendinite à l'adducteur droit. J'étais morte d'inquiétude à l'idée que mon os se soit de nouveau cassé. J'ai dû repasser par l'IRM : pas de nouvelle fracture, mais toujours un œdème osseux. De nouveau, le protocole de la clinique du coureur (je commençais à bien le connaître). Petit à petit, la douleur a diminué. En avril, j'atteignais les 50 kilomètres de course par semaine. Puis, nouvelle tendinite à l'adducteur gauche. Encore une fois, gros doute sur le diagnostic, panique totale à bord. Quand on a passé plus d'un an à se battre pour un but précis et que, soudain, tout semble s'écrouler, le cerveau disjoncte un peu (beaucoup). C'est comme si tous nos efforts étaient réduits en miettes. Je suis encore particulièrement douée pour tout remettre en question et dramatiser très rapidement. Chaque fois, j'ai l'impression de ne pas avoir eu assez de temps pour apprécier mes capacités retrouvées.

Mais comme le dit Tomas : « Oui, tu as des périodes plus compliquées, mais ce qui est positif, c'est que tu profites à fond des périodes où tout va bien. » Je suis aux anges quand je peux courir. Reste à gérer la panique de ne plus pouvoir.

Toujours plus loin

Elle me disait que je pouvais continuer
Cette petite voix de l'intérieur,
Elle me disait que je pouvais encore pousser,
Et que rien ne devait me faire peur.

Alors je continuais, encore et encore,
Prolongeant toujours plus mes efforts ;
Cherchant sans cesse les limites de mon corps
Je savais pourtant que je lui faisais du tort.

Et puis un jour, tout s'écroule.
Plus de limite, plus d'effort, plus rien.
Comme finit par s'arrêter l'eau qui s'écoule,
Les réserves de mon corps arrivèrent à leur fin.

Difficile après une chute de se relever,
On pourra bien dire qu'on en revient plus fort ;
Il faut apprendre une nouvelle façon d'exister,
Apprendre à savoir écouter son corps.

Apprendre à le comprendre, et l'accepter,
Ces mots, je ne cesse de me les répéter.
Pourtant, mon esprit refuse de les intégrer
Et obstinément continue de s'entêter.

Regarder devant

Dans cet éternel apprentissage,
J'ai du mal à savoir quand tourner la page,
Si je suis prête à passer à l'étape suivante
Ou si je suis encore en train de remonter la pente.

Mais tant qu'aujourd'hui, tu peux respirer
Et tant qu'aujourd'hui, tu peux avancer,
Tu regardes devant, toujours plus loin
Ne sachant de quoi est fait demain.

L'équilibre

On ne guérit jamais vraiment des troubles du comportement alimentaire, ils restent presque toujours quelque part en nous. Mais on apprend à les gérer et à ne pas les laisser mener notre vie. Le tout est de trouver un équilibre entre alimentation saine et alimentation plaisir, et surtout, de se sortir de la tête qu'il est possible d'avoir un mode de vie « parfait », sinon c'est une torture permanente. Alors que si on prend les choses comme elles viennent, en acceptant nos péchés mignons et ce que nous considérons comme nos défauts, la vie nous réserve de belles surprises.

Je suis loin d'être parfaite. J'aurai d'autres rechutes, d'autres coups de mou, d'autres crises de larmes. Mais la part qu'ils occupent dans ma vie est minoritaire, et c'est tout ce qui compte. Dans le livre sur les émotions que j'ai mentionné[13], l'auteur affirme que le bonheur, ce n'est pas d'être heureux tout le temps, mais de savoir accueillir l'ensemble des émotions et profiter des moments de joie.

Avec l'une de mes colocataires, nous parlons souvent de tout ça. On est capables d'avoir de longs débats philosophiques quand on part randonner ou courir ensemble, ou même dans la vie de tous les jours. Ce n'est pas vraiment un débat, à vrai dire, puisque nous avons toujours le même avis (est-ce pour cela que nous sommes colocataires ?). On s'interroge sur ce qui nous importe vraiment, sur la place du sport de haut niveau dans nos vies. Alors, oui, dit comme ça, c'est très fleur bleue. Je vois déjà Tomas faire ses mimiques de taquinerie s'il lit un jour ce paragraphe. Pourtant, il y aurait de quoi écrire un livre entier avec nos conversations. Sur les médailles qui ne rendent pas heureux si l'entraînement est fait sous la contrainte. Sur la place beaucoup trop importante des réseaux sociaux dans nos vies, où tout devient une histoire de sponsors et d'image de soi superficielle. Sur l'importance des amis, les vrais, et de ne jamais les délaisser pour des objectifs sportifs qui n'aboutiront peut-être même pas. Sur leurs bénéfices, à condition qu'ils soient motivés par une envie interne, et non par la pression

13. Anselem Bernard, *op. cit.*

des attentes extérieures. Bref, vous l'aurez compris, on aime bien discuter. Et, à chaque fois, nous en venons à la même conclusion : tout est une question d'équilibre.

Le sport de haut niveau peut être sain si on a autre chose dans la vie sur quoi se replier en cas de blessure ou de période difficile. On a beau dire qu'il faut savoir faire des sacrifices pour atteindre ses buts, il faut aussi contrebalancer avec d'autres éléments qui nous font garder un peu les pieds sur terre. Les réseaux sociaux peuvent être bénéfiques si on prend beaucoup de recul sur ce qu'on y voit, et si on n'y passe pas des heures. L'équilibre réside dans la manière de garder contact avec ses amis sans se sentir « obligé » de tout montrer. Les objectifs sportifs sont merveilleux et permettent de donner le meilleur de soi-même, à condition qu'ils ne deviennent pas notre seule raison d'exister. Il faut équilibrer avec d'autres plaisirs de la vie. (Voilà, vous avez le droit d'être impressionné par le potentiel philosophique de ma colocataire et de moi-même.)

En avril 2022, j'avais pour projet de faire un trail pour reprendre la compétition. C'est Tomas qui m'avait mis cette idée en tête alors que j'étais un peu perdue et que j'avais besoin de me projeter. Quand on n'a pas couru pendant un an, l'idée de reprendre la compétition et d'être à des années-lumière de son niveau d'avant est très angoissante. Accepter de revenir petit pas par petit pas est plus facile à dire qu'à faire. C'est pourquoi Tomas me suggérait de tenter de nouvelles choses, sans autre attente que chercher à m'amuser. D'où mon envie (que les tendinites ont contrée) de faire un trail. Le problème des trails, c'est qu'il y a de grandes descentes qui, à cause des impacts multipliés par la pente, traumatisent le corps. Or, je savais que le mien n'avait pas encore bien récupéré de tout ce que je lui avais fait subir. Ma densité osseuse, notamment, était bien en dessous de la normale, et c'est encore le cas aujourd'hui.

Après ma toute dernière IRM, j'ai demandé à faire une ostéodensitométrie pour savoir à quoi m'en tenir. Je préférais être consciente des risques et prendre les précautions nécessaires à l'entraînement. Comme je m'y attendais, j'avais de l'ostéoporose sur une zone et de l'ostéopénie sur deux autres. J'ai appelé ma grand-mère en pleurs, la mention « risque de fracture très élevé » de mon compte-rendu ne m'ayant pas beaucoup réjouie. Ma famille côté maternel ne manque pas de docteurs : ma grand-mère aussi est médecin, même si elle est maintenant à la retraite. Elle m'a expliqué qu'il faut plusieurs années aux os pour se reminéraliser, qu'il est impossible de voir les progrès réalisés au cours des six derniers mois sur une ostéodensitométrie. Selon elle, je devais garder confiance, les choses s'amélioreraient si je continuais mes efforts.

Tomas m'a confirmé que je pouvais m'entraîner avec de l'ostéoporose, à condition que je maintienne une masse musculaire assez élevée pour compenser ma faiblesse osseuse. Bien sûr, il me fallait faire attention au surentraînement et être attentive aux petites douleurs. Mais la vie continuait, même avec de l'ostéoporose.

J'ai parlé de ce projet de trail à Thierry, qui a absolument voulu m'en dissuader. Il a été malin : il a essayé de m'appâter à la place avec une « course nature » de 15 kilomètres, en juin. Je lui ai promis de le tenir au courant de ma décision. Je n'étais pas pressée, je voulais prendre mon temps pour choisir la façon dont j'allai reprendre la course en compétition.

Puis est arrivée tendinite numéro deux (j'ai commencé à leur donner des petits noms). Après trois nouvelles semaines de coupure, je reprenais à peine les micro-footings, quand j'ai reçu un appel de Thierry. Il voulait savoir si j'étais toujours motivée par cette fameuse « course nature ». Je venais de courir vingt-cinq minutes, ce qui déjà n'était pas gagné, alors courir plus d'une heure pour faire ces 15 km n'était pas vraiment dans mes objectifs du moment. Je n'étais pas très fière de lui annoncer que j'avais de nouveau mal et que je reprenais tout juste. Il avait déjà inscrit certains de mes anciens amis du groupe d'athlétisme, qui l'avaient suivi lorsqu'il avait été contraint de changer de club. J'avais très envie de me joindre à eux ; ce n'était pas tout à fait impossible puisque la course était dans dix jours. Nous nous sommes mis d'accord : je lui donnerais ma réponse d'ici une semaine, en fonction de mes ressentis. Pendant les dix jours qui ont suivi, j'ai augmenté chaque sortie de cinq minutes, en courant un jour sur deux. Je me sentais prête à tenter le 15 kilomètres, mais en allure de footing et pour le plaisir.

La compétition tombait le week-end entre mes derniers partiels, trois semaines très intenses avec beaucoup de rendus, d'oraux et d'examens. Mais ça ne m'inquiétait pas plus que ça d'avoir ma compétition au milieu des révisions, je me disais qu'au moins, ça me changerait les idées et me permettrait d'être plus productive. C'est peut-être une précision inutile, néanmoins j'étais très fière que mon cerveau de stressée voie les choses de cette manière. En plus, je savais que j'allais retrouver d'anciens amis que je n'avais pas vus depuis trois ans. C'était ma première compétition depuis un an et demi. J'étais pour ainsi dire sur un petit nuage.

J'étais aussi impatiente de retrouver Thierry. Il m'a posé beaucoup de questions sur mes genoux, il n'avait pas l'air très rassuré. Moi, je n'étais pas très inquiète : avec toutes les galères que j'avais eues au cours de l'année, les genoux étaient ce qui m'avait le moins posé problème. Au tout début, j'avais dû m'habituer, mais très vite je n'y avais plus du tout pensé. Encore une fois, merci la rééducation d'Hauteville.

Retrouver les amis de l'athlétisme fut incroyable. L'ambiance des « petites compétitions » sans enjeux, où tout le monde s'encourage, le fut tout autant. L'adrénaline sur la ligne de départ, tout comme le challenge d'essayer de remonter les autres coureurs les uns après les autres m'avaient énormément manqué. J'avais prévu de faire la première partie de course autour des 12 kilomètres/heure, et la deuxième autour des 13 kilomètres/heure. C'était ce que j'avais travaillé comme allure lors de l'entraînement. Même si la compétition n'était pas vraiment un objectif, j'avais continué d'augmenter progressivement les sorties jusqu'à atteindre les 13 kilomètres en environ une heure.

Au début de la course, je me sentais bien, j'avais l'impression d'être un peu au-dessus des 12 kilomètres/heure prévus. J'ai décidé de ne pas regarder la montre pour rester concentrée sur mes sensations et ne pas me décourager si l'allure était plus lente qu'espérée. Je doublais, restais un peu derrière pour me replacer, puis doublais à nouveau pour aller chercher le coureur suivant. Exactement comme je faisais avant sur mes 10 kilomètres (là, je n'étais pas à 17 kilomètres/heure, mais c'était tout comme pour moi). Au bout de 8 kilomètres, j'ai commencé à ressentir des signes de fatigue. Je me suis dit que c'était normal, c'est souvent difficile de passer la moitié de la course parce qu'on réalise qu'il faut refaire tout ce qu'on vient d'accomplir. J'ai pensé à mes quelques cours de préparation mentale pour m'accrocher. J'avais confiance : mes forces allaient revenir. La première femme était juste devant moi et je comptais bien la doubler.

Mais mes forces ne sont pas revenues. Les 5 derniers kilomètres, j'attendais avec de plus en plus d'impatience l'indication du kilomètre suivant. Pourtant, je suis restée détendue. J'étais là pour me faire plaisir, ce n'était pas grave si je craquais. C'était une compétition de reprise, il fallait que j'arrive à me détacher du chrono. L'important était que je finisse la course du mieux que je pouvais.

J'ai donné tout ce que j'avais jusqu'au bout. Alors que j'approchais la ligne d'arrivée, mon père s'est étonné de me voir si tôt : « Ça va ? » J'ai répondu : « Je suis cuite ! » Forcément, mon pauvre papa s'est inquiété. À 300 mètres de l'arrivée, au lieu de m'encourager en criant par exemple : « Courage, c'est le sprint final ! », il m'a dit : « Prends ton temps alors, prends ton temps ! » Peut-être est-il expert de la psychologie inversée ? J'ai tout de même trouvé la force de lui répondre : « Mais, Papa, ne me dis pas ça, l'arrivée est juste là ! », et d'accélérer un peu.

J'ai terminé la course en une heure et quatre minutes, soit du 14 kilomètres/heure de moyenne. J'étais très surprise puisque j'avais l'impression d'avoir complètement craqué sur la fin. J'étais la deuxième femme, je suis remontée sur le podium, comme deux ans auparavant, récupérer ma récompense. Je garde un souvenir incroyable de cette journée, autant pour la course que pour les moments passés avec mes amis, ma famille, Thierry. Même en retournant à mes révisions l'après-midi, j'avais toujours le sourire jusqu'aux oreilles. Tous mes partiels de la semaine suivante ont été une réussite.

En juillet, j'ai eu l'occasion de refaire une course dans l'Eure, un 12 kilomètres. J'ai réussi à faire du 15 kilomètres/heure de moyenne. De nouveau, j'étais heureuse d'être là, de pouvoir courir. Aucune pression, aucune attente, juste le sourire. J'avais presque du mal à y croire. Tous mes efforts de l'année payaient enfin ! Comme si une partie de mon cerveau avait finir par croire que, peut-être, je ne courrais plus jamais. Et pourtant, avec douze kilos de plus que l'été précédent, non seulement je me sentais bien dans mon corps, mais en plus je progressais : c'était magique.

Quand je me vois sur les photos, le changement physique est net. Mais je n'en ai plus du tout honte, contrairement à toutes mes craintes des années précédentes. Je suis même très fière de ma transformation. J'ai réussi à me remuscler et à avoir un corps avec un IMC normal, qui me plaît et dans lequel je me sens bien. Oui, parfois, ça me fait bizarre de voir mes épaules deux fois plus grosses que l'été dernier ou de sentir mes cuisses se toucher. Mais en aucun cas je ne souhaite revenir en arrière. Je me rappelle trop bien ma première perte de poids en seconde, où je grelottais sans arrêt. Nous nagions en extérieur, parfois sous la neige, et je n'ai jamais osé dire à quel point je souffrais dans le froid. Aujourd'hui, j'adore la cryothérapie, nager en hiver ou au printemps dans des eaux à moins de 15 degrés me procure des sensations extraordinaires. Les séances de musculation du haut du corps avec ma colocataire et les programmes de natation de ma sœur m'ont aussi permis d'y reprendre goût.

Pendant quatre ans, je me suis réveillée tous les matins entre 5 et 6 heures, incapable de me rendormir. La faim était tellement intense qu'elle me privait de sommeil. Parfois, j'étais même obligée de manger pendant la nuit, le vide dans mon estomac m'empêchant de dormir. Aujourd'hui, je peux dormir jusqu'à 10 heures sans soucis, la nuit est redevenue un moment de repos et de détente.

J'ai choisi de ne m'entraîner en course à pied qu'un jour sur deux, voire un jour sur trois, même si tout va bien. J'ai continué à beaucoup nager, à faire de la muscu et du vélo en complément. Évidemment, je souhaiterais courir tout le temps, mais je préfère largement courir « dans le temps », sans me blesser à nouveau. J'ai également rendu visite à mon médecin du sport. Si le risque zéro n'existe pas, m'a-t-il expliqué, il y a plein de petits facteurs pour minimiser les risques de blessure avec l'ostéoporose. Il m'a beaucoup encouragée: pour lui, je suis sur la bonne voie. J'ai donc mis de côté les habitudes de « l'ancienne Clara » (vraiment, ce livre tourne au conte de fées) qui courait toujours plus. À chaque sortie de course, je profite d'autant plus.

J'ai fait mon maximum pour augmenter progressivement la vitesse et la durée des séries intenses dans mes entraînements. Pour l'instant, je ne demande pas encore de plan à Bernard, car j'ai besoin d'écouter mon ressenti. Je préfère avancer par tout petits pas, quitte à aller trop lentement et prendre trop de précautions. Tomas aurait un petit sourire en coin s'il lisait ce paragraphe. Quand je suis arrivée au cabinet, courir 120 kilomètres dans la semaine sans mes croisés ne me semblait pas un problème.

Dit comme ça, c'est un peu du *Candide*, « tout va pour le mieux dans le meilleur des mondes ». Or, le message que je veux faire passer, c'est qu'il n'y a pas de « mieux » sans « moins bien ». Que l'équilibre, ce n'est pas tout planifier et s'attendre à ce que tout fonctionne comme prévu. L'équilibre, c'est profiter de tous les moments de joie comme ceux que je viens de décrire, et mettre en place des routines dans lesquelles on se sent bien. Comme me répète toujours ma maman : « Ce n'est pas l'objectif qui compte, mais le chemin parcouru pour l'atteindre » (même si, bien sûr, c'est toujours une petite cerise sur le gâteau). Bien que j'aie du mal à l'accepter, l'équilibre, c'est aussi considérer que la vie n'est pas un long fleuve tranquille. C'est traverser les périodes plus difficiles en regardant devant soi. C'est voir les obstacles et les contrariétés comme des passages nécessaires sans constamment se demander pourquoi les choses ne se passent pas comme on le voudrait. C'est laisser place à un peu d'imprévu et apprendre à s'adapter. Tout cela, je le sais en théorie. En pratique, c'est plus compliqué.

À l'INSA, dans le cadre de mon projet de fin de premier cycle d'ingénieur, j'ai eu des cours d'anatomie au deuxième semestre. J'ai eu le droit à toutes les explications sur l'ostéoporose, mais aussi à des interventions sur les prothèses pour les personnes amputées, et à des cours d'imagerie médicale. Pour l'ostéoporose, j'ai un peu ressassé, mais j'ai serré les dents et c'est passé. Pour les prothèses, j'ai arrêté d'écouter, car je me mettais sans cesse à la place des personnes interrogées, consciente que ça pouvait arriver à n'importe qui. J'imaginais les causes de leur accident, leur vie d'avant... C'était horrible. Rien qu'en écrivant ces lignes, je commence à angoisser. Pourtant, il y a quelques années, je me serais sentie loin, protégée de tout ça. Quant aux cours d'imagerie médicale, après avoir fait sept radios, cinq IRM et deux échographies en seulement deux ans, j'ai craqué. C'était au début de tendinite numéro deux. Je craignais de devoir repasser par l'IRM et d'avoir encore une mauvaise nouvelle. Alors, devoir analyser une fracture de hanche sur mon écran d'ordinateur, vraiment, je n'ai pas pu. J'ai demandé à sortir et je suis allée pleurer dehors. Je suis encore très (trop) émotive par rapport aux blessures. La peur de ne plus pouvoir courir, à nouveau, me suit partout. Pour ça, je n'ai pas encore trouvé d'équilibre. Quand et comment ça viendra, je ne sais pas. Tout ce que je sais c'est que je ne suis pas une machine, et qu'après les années compliquées que j'ai traversées, c'est OK d'être émotive. La perfectionniste qui sommeille en moi préférerait avoir un cœur de robot. Mais un cœur de robot, s'il nous épargne la tristesse et la frustration, supprime aussi l'amour et la joie.

Une salle d'attente particulière

Dans une salle silencieuse mais bruyante de douleur
Attendent plusieurs personnes ne sachant que faire
Certains lisent, mais l'esprit est ailleurs
Les pensées bousculent vers des situations imaginaires

L'espoir est là, on ne peut le nier
Un espoir sournois et rempli de peur.
Beaucoup trop d'émotions sont mélangées
Et se disputent la première place dans notre cœur.

Peut-être que le diagnostic ne sera pas si terrible ?
Mais est-il vraiment sage de l'espérer ?
La douleur rend l'attente d'autant plus pénible
Et aux pires scénarios on essaie de se préparer.

Chacun sursaute lorsqu'un nom est appelé
Espérant qu'il s'agisse enfin du sien
Et puis, déçu, essaie de se raisonner
Qu'à un moment son tour viendra bien.

Quelques timides regards sont parfois lancés
Les malheurs des autres on essaie d'imaginer
On se demande si leur situation est pire
Ou si rassurés ils vont repartir.
Les téléphones sont sortis puis rangés

Cet objet ne pourra soulager l'anxiété
On a beau tout faire pour essayer
L'angoisse il vaut mieux accepter

Puis soudain, c'est son propre nom
Qui par l'infirmière est appelé
De nouveau, le cœur fait un bon
Et le ventre recommence à se nouer.

Écrire des poèmes dans ce mélange confus
Aide beaucoup à y voir plus clair
Les émotions s'apaisent un peu plus
Et s'envolent dans le silence de pierre.

La fin de la série noire ?

On en arrive finalement à aujourd'hui, moment où j'écris ce livre. Je tape sur mon téléphone en le calant dans l'attelle qui m'immobilise le deuxième métatarse. Je n'ai pas couru depuis plusieurs jours, car j'ai également une attelle à la cheville.

Le 2 août 2023, en randonnée, je n'ai pas vu un petit trou après une grosse pierre en descente. Mon pied a glissé pile dedans et ma cheville a vrillé sur le côté dans un gros « crac ! » Comme mon père lorsque je suis tombée de vélo, je me suis mise à jurer : « Merde, merde, merde, merde, merde ! » J'avais très peur pour ma cheville. Pas maintenant alors que tout commençait à s'arranger ! Pas alors que je venais d'enchaîner plusieurs mois de course sans douleur, et que je faisais mon maximum pour que tout aille bien. Pas après tous ces efforts. Pas comme ça. J'avais fait du trail et des randonnées plus difficiles avec mes amies en juin et en juillet. Je ne pouvais pas me blesser là, alors que je faisais juste des allers-retours pour ne pas distancer ma mère. J'étais en forme, le chemin n'était pas difficile, je n'allais pas vite. Mon cerveau s'est mis à tout mélanger. À imaginer les pires scénarios. J'étais de plus en plus affolée.

Je pouvais marcher sans trop de douleur, donc on a décidé de repartir sans attendre, tant que ma cheville était chaude. Il nous restait 600 mètres de dénivelé dans les chemins de randonnée avant de rejoindre la route. J'ai réalisé que j'avais dû me rattraper sur ma main, car mon doigt me faisait de plus en plus mal. On a fait une pause pour strapper ma cheville. J'en ai profité pour regarder ma main : toute la zone entre mon majeur et mon pouce avait triplé de volume. Mon père m'a dit : « On va aller faire une radio » et j'ai senti monter la crise d'angoisse. Comme je l'ai expliqué, j'ai développé une phobie du milieu médical, des blessures et des imageries. Ça peut paraître très drama queen de se mettre à pleurer pour une radio ; mais ce n'est pas tant la radio que la longue attente dans l'angoisse, l'espoir qu'on essaie d'étouffer et finalement le diagnostic : pendant plusieurs mois, il faut mettre sur pause la course à pied. Et entendre de nouveau les mêmes phrases : « Ce n'est pas grave, tu pourras courir plus tard », « Tu es une battante, ça va aller » ou « Ça passera plus vite que tu ne le crois ». Parfois, je n'ai plus envie de me battre. Je suis fatiguée de jouer les guerrières. Tout ce que je voudrais, c'est profiter de la vie normale, de pouvoir courir sans me poser de question.

Je sais qu'il y a des combats bien plus longs, bien plus difficiles. Je ne cherche pas à être « légitime », à avoir le droit de pleurer pour des histoires de course à pied et je sais ma chance de savoir que chaque arrêt n'est pas définitif. Mais comme je l'ai dit, je n'ai pas encore trouvé mon équilibre dans l'acceptation des blessures. La course à pied est tellement importante pour moi qu'elle peut me faire perdre de vue ce qui compte le plus dans la vie. Une passion, c'est si addictif qu'on a parfois l'impression que, sans elle, notre existence serait vide. Garder du recul et relativiser demande du temps et du travail sur soi. Ça ne s'invente pas du jour au lendemain.

Toujours est-il que, sous l'œil vigilant de mon père, j'ai réussi à terminer la descente sans surblessure, malgré mes yeux embués de larmes. Nous sommes allés aux urgences et nous avons attendu au milieu des autres blessés, ce qui était loin de me rappeler de bons souvenirs. J'ai passé les radios, puis j'ai attendu de nouveau. Heureusement, mon père était avec moi, qui faisait tout son possible pour me faire positiver. Je voyais des personnes arriver seules en boitant, et je me suis souvenu que les IRM avaient été encore plus difficiles à encaisser sans quelqu'un pour me soutenir.

Nous étions deux dans un box, séparées par un rideau, avec une médecin et une infirmière. J'entendais donc la médecin faire le diagnostic complet de la fille d'à côté. J'ai reconnu sa voix, elle était près de moi dans la salle d'attente, toute souriante, en train de lire des BD avec sa grand-mère. Mais en apprenant qu'elle allait avoir une attelle et devoir mettre en pause l'équitation, elle est devenue inconsolable. L'entendre pleurer me donnait des frissons, je sentais que j'allais bientôt être dans le même état. L'infirmière lui faisait le fameux discours : « À ton âge, le temps passe vite, blablabla. » C'est très gentil, mais ça ne console pas beaucoup. Encore une fois, il faut souvent un peu de temps pour relativiser.

Est arrivé mon tour. La médecin a marmonné en regardant la radio de la main, puis elle a examiné celle de la cheville.

« Oh là là ! On dirait bien que c'est cassé, ça… » J'ai demandé, anxieuse : « La cheville ou la main ? », « Les deux, je crois bien… »

Je vous passe les détails, on va dire que j'ai connu de meilleurs moments cet été-là. Mon père a expliqué à l'infirmière que j'avais déjà fait les croisés et une fracture l'année précédente, d'où mon état assez tendu. « Ça fait une belle série noire... », a-t-elle répondu. Elle a examiné ma cheville. Elle avait du mal à voir sur la radio s'il y avait un arrachement osseux ou s'il s'agissait d'une vieille calcification. Soudain, un autre médecin est entré dans la pièce en s'écriant : « C'est la merde ! Michel part dans l'ambulance avec la petite qui a fait un arrêt. Mais il ne peut pas aller jusqu'à Grenoble et les hélicos ne peuvent toujours pas atterrir à cause de la météo. Tu serais OK pour faire le trajet ? »

La médecin était censée finir son service. Mais elle n'a pas hésité une seconde.

« Bien sûr, mais je n'ai pas du tout fini avec le circuit court des urgences.

– Ce n'est pas grave, je m'en chargerai. On n'a pas le choix là. Il ne reste personne d'autre. »

C'est donc comme ça que la médecin qui était en train de faire mon diagnostic est partie sauver une petite fille. L'autre médecin nous a dit : « Je reviens, je vais juste fermer le circuit court des urgences. Ça ne nous arrive pas souvent les situations comme ça, mais là je suis le seul médecin présent dans l'hôpital, tous les autres sont dans les ambulances. » Bien sûr, on se sentait un peu ridicules, mon père et moi, avec ma petite fracture à la main et mon potentiel arrachement osseux à la cheville. On a attendu. Dans la salle d'à côté, les gens râlaient car le médecin, au vu de la situation, leur conseillait de rentrer chez eux.

J'ai cru qu'il allait m'oublier tellement il croulait sous les demandes. Mais il est revenu, a jeté un œil sur les radios pendant que mon père essayait de lui expliquer le début de diagnostic posé par sa consœur. Il m'a fait un petit plâtre sur la main le temps qu'on achète l'attelle spéciale à la pharmacie, et nous a dit de voir avec le « tonton chirurgien » pour la cheville.

Quand nous avons voulu regagner la voiture aux alentours de 22h30 avec mon père, on nous a informés que la passerelle que nous avions empruntée pour venir était fermée la nuit. Il fallait sortir plus haut (l'hôpital était à flanc de montagne) et descendre sur la route pendant un kilomètre. Après ses 15 kilomètres de randonnée avec 1200 mètres de dénivelé, et rien dans le ventre depuis la pause déjeuner, mon père est donc allé courageusement chercher la voiture. Pendant ce temps, j'attendais sagement dans l'hôpital.

C'est là que j'ai entendu une conversation téléphonique du médecin qui m'avait plâtrée. Il annonçait à une mère que son fils allait être amputé. Elle a dû demander si rien n'était possible pour sauver sa jambe, car le médecin a répondu, pressé : « Non, madame. Son pied est beaucoup trop infecté. » J'imagine qu'elle a répondu que son fils ne pourrait pas vivre sans sa jambe. « Je ne sais pas, Madame, il y a plein de choses, de très bonnes prothèses, la kiné… Je ne sais pas, tout ce que je sais, c'est qu'il faut l'amputer, mais on ne peut pas le faire ici, donc ça sera sûrement à Grenoble, même si ce n'est pas sûr. »

Avec toutes les émotions de la journée et la fatigue de la randonnée, rien dans le ventre mais tout de même l'envie de vomir, j'étais déjà dans un sale état (et encore, je suis clémente). Mon visage était trempé de larmes, j'étais assise sur un fauteuil roulant, les yeux à demi fermés. Cette conversation m'a fait comme un électrochoc, m'empêchant définitivement de dormir. Je ne pouvais pas m'empêcher de frissonner en imaginant la pauvre mère à l'autre bout du fil. Et surtout le patient. Les phrases du genre « ça passera vite, tu verras » ne risquaient pas de fonctionner pour lui.

Je suis rentrée toute retournée. Je me sentais à la fois triste d'être blessée et extrêmement chanceuse d'avoir tous mes membres. Avec la fatigue, mon cerveau mélangeait un peu tout. C'était pareil pour mon père, qui lui non plus n'a pas passé la meilleure nuit de sa vie.

La peur d'un accident est toujours en moi. En écrivant, j'ai encore des frissons. Mais comme dit mon père, à avoir peur de tout, on ne vit plus. Encore une fois : équilibre. Être reconnaissant de ce qu'on peut faire avec son corps, sans angoisser en permanence de perdre cette liberté.

Le lendemain a été très compliqué. Je pleurais chaque fois que je regardais les montagnes, en me rappelant que je n'y retournerais pas avant un certain temps. Le contraste entre le moment présent et la veille me faisait encore plus souffrir. J'avais en tête tous mes projets pour les vacances : trail, randonnées, natation, séances de course à pied... Devoir y renoncer brutalement me donnait l'impression d'être dans un cauchemar. J'espérais toujours me réveiller à un moment ou un autre. Je ne savais pas combien de temps durerait ma convalescence, mais les présomptions de la veille ne laissaient rien envisager de bon. Le mot « opération » avait été prononcé, et même s'il était très peu probable que les choses aillent jusque-là, ma tête continuait de tout brouiller. Je me rappelais le long combat mené l'hiver précédent et je n'avais aucune envie de recommencer. La douleur ne m'aidait pas tellement à me détendre. Bref, j'étais mal, très mal, et vous aurez compris que je ne fais pas les choses à moitié.

C'est là où je remercie la gentille pharmacienne qui m'a donné les fameuses petites gélules à base de plantes pour diminuer le stress. C'est aussi là que je me suis dit que j'allais finir par l'écrire, ce livre. Dans ma tête ne cessait de résonner le mot « POURQUOI ? » Pourquoi fallait-il que je me blesse sans arrêt ? Pourquoi, après tout le chemin parcouru, tous les efforts fournis et toutes les précautions prises ? Je vous épargne les mille autres questions que je me posais, résumons-les en « ce n'est pas juste ». Le problème, quand on psychote, c'est que le cerveau se met en mode automatique et égocentrique. Une partie de moi était bien consciente que ma famille allait bien, que j'allais me remettre, et qu'au fond, rien de très grave n'était arrivé. N'empêche que c'était trop tôt pour la prise de recul. Mais, au moins, j'allais avoir du temps devant moi et beaucoup de choses à dire. Quitte à me blesser, autant que ça serve. Défi relevé, Tomas, je vais l'écrire, ce livre.

Deux jours plus tard, je passais une nouvelle échographie et des radios. Je n'osais pas espérer éviter l'arrachement osseux. Avec ma chance, j'étais abonnée aux diagnostics peu réjouissants.

Pendant que le chirurgien passait l'appareil sur ma cheville, j'ai serré dans ma main saine la petite grenouille Bob cousue par une amie de ma sœur. J'essayais par tous les moyens de ne pas réfléchir. Le chirurgien a dit : « On voit bien l'épanchement… Entorse ».

J'ai réussi à articuler :

« Pas d'arrachement osseux ?

– Non. »

Dès que le chirurgien a quitté la pièce, j'ai de nouveau fondu en larmes, mais cette fois de joie.

Au lieu de six semaines de grosse botte et un protocole de reprise compliqué, je m'en sortais avec deux semaines d'attelle et quatre pour la main. Finalement, je progresse en durée de convalescence.

C'est ainsi que se termine ma petite histoire. Rien de très palpitant finalement, si ce n'est que je suis spécialiste dans l'art de me casser un peu partout. D'ailleurs, ça doit être de famille, car en ajoutant les blessures de mon père et de ma sœur, on couvre presque tout le corps.

Mais au-delà des blessures, je voudrais finir sur un message positif à tous ceux qui perdent parfois espoir. Comme dit Tomas : « N'abandonne jamais. » La vie a toujours des surprises à nous réserver. Quelquefois (trop souvent), ça devient fatigant de s'accrocher et d'attendre les bonnes surprises. Mais les coups durs passent. On peut baisser les bras un jour, et se relever le lendemain. C'est pourquoi il faut toujours regarder devant. Sourire ou grimace, tout peut changer en un instant.

Postface

C'est à mon tour de prendre finalement la parole et de partager avec vous mon regard sur les différentes batailles menées par ma sœur, Clara, au cours des dernières années. Je dis finalement car, depuis plusieurs semaines, elle n'arrête pas de me demander d'écrire cette postface, mais je repousse le moment de m'y mettre, ne sachant pas comment m'y prendre.

L'anorexie de Clara n'est pas un sujet dont je parle facilement, surtout avec des inconnus. Comme toute maladie mentale, on essaie avant tout de la cacher voire de l'enfouir, par honte, je suppose.

J'écris sans avoir lu le reste du livre pour éviter de changer ma perception sur certains événements que nous avons partagés. Je préfère donner mon point de vue tel quel.

Le premier signe de l'anorexie de Clara dont je me souviens est une dispute avec mes parents. Non pas une dispute classique de l'adolescence, mais une dispute à propos d'entraînement de natation. Clara refusait d'arrêter le sport pendant deux jours comme son entraîneur le lui avait conseillé.

L'anorexie a eu un impact sur toute la famille. L'épisode des galettes de riz permet de l'illustrer de manière amusante. Un jour, ma sœur a décidé de se nourrir de galettes de riz. J'imagine qu'elle s'était persuadée que ça ne faisait pas grossir. Les paquets se sont alors accumulés dans le garage, se renouvelant à bon rythme, jusqu'au jour où elle est passée à autre chose. Il a donc fallu trouver de nouveaux amateurs. Ma grand-mère a donc mangé des galettes de riz pendant un bon mois pour éviter de gâcher les stocks !

Dans un registre moins amusant, l'anorexie a aussi impacté le goût des repas familiaux. La moindre remarque de nos parents sur la façon dont Clara s'alimentait pouvait suffire à la braquer. Alors, elle s'arrêtait de manger.

L'anniversaire de ses 18 ans m'a particulièrement marquée. Un ami de la famille, Christian, avait préparé un curry de légumes délicieux pour l'occasion, le plat préféré de Clara à l'époque. Étant en demi-confinement depuis deux mois, je m'étais donnée à fond pour lui préparer un petit anniversaire surprise. J'attendais avec hâte son retour de Lyon pour cette fête qui était une des rares de cette année COVID. Mais lorsque Clara est revenue, elle n'était vraiment pas en forme. Pendant la soirée, tout s'est bien passé, on a profité du bon curry, même mon père est parvenu à surmonter son aversion pour le tofu. Mais la nuit, les choses se sont compliquées. Le lendemain, je me suis réveillée dans une maison crispée. Mon père faisait des allers-retours entre ma mère dans la cuisine et ma sœur dans sa chambre. Je pouvais les entendre pleurer toutes les deux. Clara était en proie à un gros mal de ventre et à la culpabilité. Elle s'était levée pendant la nuit, tenaillée par la faim, pour aller manger du curry froid. Les épices en grandes quantités lui avaient retourné le ventre. Ma mère, quant à elle, était énervée : elle reprochait à ma sœur d'inquiéter mon père pour des choses idiotes. Voilà comment s'est terminé cet anniversaire que j'avais tant attendu…

Aller au restaurant était devenu mission quasi impossible. Il fallait pouvoir manger tôt, qu'il y ait des salades et que ça ne dure pas longtemps.

Durant cette période, j'ai oscillé entre agacement et incompréhension. Comment pouvait-on faire de la nourriture son ennemi ? Mais surtout, comment pouvait-elle passer des semaines entières sans le moindre aliment sucré puis engloutir en un seul petit déjeuner deux plaquettes de chocolat, une brioche, la fin de la galette des rois et du pain ?

J'ai souvent été tentée de lui reprocher son égoïsme, mais on ne peut pas dire qu'elle l'est. « Malade », oui, mais pas « égoïste ». Il n'a pas été facile de comprendre que l'anorexie n'était pas une maladie linéaire. Quand Clara décrétait aller mieux et que, en effet, nous le constations lors des repas, j'étais très contente et je me persuadais que, à présent, les problèmes alimentaires seraient rapidement derrière nous. Mais l'anorexie ne fonctionne pas comme ça. Elle part parfois pour mieux revenir ensuite. Les rechutes étaient d'autant plus incompréhensibles à mes yeux.

Malgré ces quelques épisodes peu joyeux, Clara a été et est toujours une grande sœur géniale. Je me suis longtemps interdit de parler de ces événements avec des personnes extérieures à la famille, car je ne voulais pas donner une mauvaise image de ma sœur, ni de mes proches. Mais avec le recul, il ne s'agit pas de quelque chose de honteux, simplement d'une maladie. Clara m'a souvent montré la voie. Sans elle, peut-être aurais-je moi-même été l'anorexique de la famille. J'ai moi aussi eu quelques démêlés avec la nourriture durant les multiples confinements. Je ne sais pas si l'on peut considérer que j'ai été « anorexique », mais je me suis mise à compter toutes mes calories, m'interdire les desserts autres que les fruits et un certain nombre de plats jugés « gras ». Je suis passée de 56 kilos à 49 kilos en trois mois. Clara, qui observait l'assèchement de mon corps de nageuse et le changement de composition de mes assiettes, n'a pas tardé à réagir. Rapidement, elle a commencé à me mettre en garde, m'incitant à ne pas suivre la même pente glissante qu'elle. Elle n'était peut-être pas lucide face à ses problèmes, mais elle m'a beaucoup aidée à traverser cette période et à mettre l'anorexie (en partie) derrière moi. En effet, reprendre une alimentation normale a été beaucoup plus long que de la dérégler. Aujourd'hui encore, je me sens parfois un peu coupable à la fin de certains repas ou bien j'ai du mal à me regarder dans le miroir, mais je sais que ma sœur sera toujours là pour me soutenir ou bien simplement pour en parler avec moi.

Ainsi, mes problèmes avec la nourriture ont été un peu différents de ceux de Clara, mais je pense que chaque anorexie a un aspect propre.

J'ai donné un aperçu de mon ressenti sur l'anorexie de ma sœur, mais je n'ai pas parlé de ses multiples blessures, qui sont sûrement des conséquences de la maladie. Elles lui ont souvent miné le moral, mais elles l'ont aussi fait grandir et lui ont permis de beaucoup évoluer dans sa perception de la maladie. En apprenant à extérioriser ses émotions – parfois de manière impressionnante –, elle nous a permis de mieux comprendre ce qui n'allait pas. Son prochain combat sera peut-être contre son appréhension de se blesser à nouveau pour qu'elle puisse, enfin, s'autoriser à profiter de l'instant présent.

Julie Lesoille

Bibliographie

Ouvrages

Anselem Bernard, *Ces émotions qui nous dirigent*, Alpen, 2021.

Ben-Shahar Tal, *L'apprentissage de l'imperfection*, Pocket, 2011.

Pépin Charles, *Les Vertus de l'échec*, Pocket, 2018.

Ressources en ligne

Dominique Morinello, thérapeute spécialiste des troubles alimentaires : www.boulimie-et-hyperphagie.fr

@le_journal_de_la_nutrition

C'est le compte Instagram d'une diététicienne. On y parle de TCA, de fractures de fatigue, d'ostéoporose et de bien d'autres problèmes chez les sportives de haut niveau, mais aussi de recettes adaptées à une activité physique intense et de conseils concrets pour aller mieux.

@allie_ostrander

C'est le compte Instagram d'une athlète de niveau international qui partage également son combat contre les TCA, son long séjour forcé en centre spécialisé et son point de vue sur l'entraînement sportif uniquement construit sur le modèle masculin. Des vidéos parfois très drôles, parfois très sérieuses sur les modes de prévention possibles chez les jeunes filles. Je conseille aussi sa chaîne YouTube du même nom.

@emma.oudiou

C'est une « sportive engagée pour déconstruire le milieu du sport et ses violences ». Elle est déjà intervenue plusieurs fois à l'Assemblée nationale. On peut la suivre surtout sur Instagram.

@clairepalou

C'est une sportive qui détient de nombreux records (en 2021, le record sur 1500 mètres des championnats de France en salle) mais qui a dû mettre sa carrière en pause à cause de sa dépression. Aujourd'hui, elle va mieux et tente de libérer la parole autour de ce sujet.

Table des matières

Composition et mise en page : Thomas Ragage

Achevé d'imprimer par Corlet
14110 Condé-en-Normandie
N° d'impression : 24030251
Dépôt légal : avril 2024
N° d'édition : 00311